中华魂

ZHONGHUA HUN

百部爱国故事丛书

将军拔剑南天起

——护国英雄蔡锷

苑宏光　胡乃源　编著

吉林人民出版社

图书在版编目（CIP）数据

将军拔剑南天起：护国英雄蔡锷／苑宏光，胡乃源
编著 . -- 长春：吉林人民出版社，2011.3（2021.8 重印）
（中华魂·百部爱国故事丛书）
ISBN 978-7-206-07494-3

Ⅰ . ①将… Ⅱ . ①苑… ②胡… Ⅲ . ①革命故事—中
国—当代 Ⅳ . ① I247.8

中国版本图书馆 CIP 数据核字 (2011) 第 032627 号

将军拔剑南天起
——护国英雄蔡锷
JIANGJUN BAJIAN NANTIAN QI
——HUGUO YINGXIONG CAI E

编　　著 : 苑宏光　胡乃源
责任编辑 : 韩春娇　　　　封面设计 : 孙浩瀚
制　　作 : 吉林人民出版社图文设计印务中心
吉林人民出版社出版 发行 (长春市人民大街7548号　邮政编码 :130022)
印　　刷 : 北京一鑫印务有限责任公司
开　　本 : 787mm×1092mm　　1/16
印　　张 : 8　　　　字　数 :64千字
标准书号 : ISBN 978-7-206-07494-3
版　　次 :2011年3月第1版　　印　次 :2021年8月第2次印刷
定　　价 :35.00元

总　序

　　《中华魂》是一套故事丛书。它汇集了我国自鸦片战争以来一百八十余年间的近百位民族英雄、仁人志士、革命领袖、先进模范人物的生动感人事迹，表现了他们作为中华儿女的伟大的爱国主义精神。

　　爱国主义是人们对于"生于斯、长于斯、衣食于斯"的祖国的一种神圣感情，是人们对于自己民族的一种强烈的责任感和使命感，是感召和激励整个中华民族的一面永不褪色的旗帜。在一百多年的中国近现代史上，爱国主义一直激励着中华儿女为祖国的独立、统一、进步和繁荣而英勇奋斗。从"苟利国家生死以，岂因祸福避趋之"的林则徐，到"我自横刀向天笑，去留肝胆两昆仑"的谭嗣同;从"铁肩担道义,妙手著文章"的李大钊,到"青春换得江山壮,碧血染将天地红"的赵一曼;从"县委书记的好榜样"的焦裕禄,到"问鼎长天,扬我国威"的邓稼先……都表现出了强烈的爱国主义精神。正是由于热爱祖国的人们前仆后继地奋斗,国家和民族才得以生存,才能够在一次次历史危急关头转危为安,走向兴盛和富强,从而屹立于世界民族之林。爱国主义是鼓舞中华儿女历经忧患、跨越沧桑、百折不挠、自强不息的伟大力量,它贯穿于中华民族的整个历史,并有力地凝聚着五洲四海的中国人。

爱国主义是一个历史的范畴,在社会发展的不同阶段、不同时期有不同的具体内容。革命时期,需要我们为祖国的独立自主出生入死;建设时期,需要我们为祖国的繁荣富强增砖添瓦。在全国各族人民团结一心,开启全面建设社会主义现代化国家新征程的今天，我们要争做一名新时期的爱国者。新时期的爱国者要有强烈的民族自尊心、自豪感。民族自尊心、自豪感是任何时期、任何爱国者都必须具备的情感。民族自尊心能增强我们自立向上的恒心，民族自豪感能树立我们建设祖国的信心。要树立"祖国高于一切"的崇高信念，为了祖国和人民的利益不惜抛却个人的利益，甚至不惜牺牲个人的生命。我们要树立终身学习的理念，拓宽自己的知识面，广泛吸收新知识、新技术，完善自身的知识结构，更新学习知识的方法与理念，从思想上、知识上充分武装自己，为祖国的繁荣昌盛贡献力量。

爱国主义思想的继承和发扬，是关系到民族盛衰、国家兴亡的根本问题。爱国主义思想情操的形成，需要不断地培养。培养爱国主义精神的一个重要途径是向英雄人物和典范事迹学习和致敬。这套丛书的出版,对于青少年向英雄和先进人物学习,特别是对于在中小学生中进行爱国主义教育是不可多得的生动的教材。祝愿此书出版发行成功,为培养时代新人作出贡献。

胡维革

中华魂
百部爱国故事丛书

平生慷慨班都护，万里间关马伏波

——孙中山

目　录

中华魂 百部爱国故事丛书
ZHONGHUA HUN

留学生中的骄子

1907年3月的广西，百花吐艳，春意盎然。广西陆军小学堂的校园里更是杨柳依依，溪水潺潺，一派生机勃勃的南国景象。随处可见"热烈欢迎蔡总办亲临视察"的横幅和标语。这一天是广西陆军小学堂总办蔡锷将军来视察的日子。校场上整齐地排列着学堂的学生和年轻的教官们，此刻，他们都怀着十分崇敬的心情等待着眼前就要发生的一切。只见一位二十五六岁的年轻军官在另外几位校领导的簇拥下，来到校场。他中等身材，穿着绣有金色花纹的蓝呢制服，脚蹬一双长筒皮靴，腰间挂着明亮的指挥刀，表情严肃，两眼炯炯有神，眉宇间透着一股慑人胆魄的威严和豪气，真是威风凛凛，仪表堂堂。也许有人会问，他是谁呀？他的名气可大了，他就是广西兵备处总办、新练常备军第一标标统、龙州讲武堂监督、广西混成协协统——中国近代著名的军事家和爱国主义者蔡锷将军。广西陆军小学堂的教官和学员们非常崇敬蔡锷，

蔡
锷

他的到来使全学堂都沸腾起来了，欢呼声、掌声此起彼伏，不绝于耳。这时蔡锷健步跨上讲台，面对着他的崇拜者开始了他的讲话："我们的国家和民族正处于危难之中，内忧外患，外国列强对我们的瓜分越来越严重了，老百姓生活在水深火热之中，面临着亡国灭种的危险，我们能坐以待毙吗？""不能！"教官和学员们异口同声地回答。蔡锷接着说："那么我们该怎么

将军拔剑南天起

——护国英雄蔡锷

办？就是要学得一身高超的和外敌战斗的本领，保国保民，建功立业，你们说，对不对啊？"校场上的气氛已相当热烈，学员们在听了蔡锷的训话后，一齐振臂高呼："学好本领，保国保民！""苦练技艺，建功立业！"

随后，蔡锷将军又亲自给教官和学员们作了马术表演。他的马术堪称一绝，全国闻名，学员们早就想一饱眼福了。现在，机会来了，所以每个人把眼睛瞪得大大的，连眼皮都舍不得眨一下，生怕哪个细节给遗漏了。也别小瞧这些学员，他们中日后出了几个大人物，包括做过国民党代总统的李宗仁将军、有"小诸葛"之称的国民党高级将领白崇禧；什么黄绍竑、李品仙等名噪一时的风云人物，都是从这个学堂走出去的。蔡锷的表演开始了，只见卫兵牵过来一匹高头大马，这是一匹西洋马，学员们一看，都偷偷地吐舌头，心想："这马这么高，蔡将军可千万别演砸了。"正在这时，只见蔡锷扬起马鞭，照准马屁股就是一鞭子，马受此一击，昂头甩尾，放开四蹄嗒嗒地向前跑去。当马跑出十多步时，蔡锷将军才开始从后面飞身追上去，眼看要追上了，就见他两脚在地上一蹬，双手向前一按马臀，身子像飞起来一样，他稳稳地坐在马背上的鞍子上。这一整套动作轻松、矫捷、潇洒，再看看他骑在马上的威风劲儿，真是"人中吕布，马中赤兔"，把学员们都看呆了，竟然把鼓掌都给忘了。等反应过来，才齐声欢呼起来。

那么，蔡锷是如何成长为文武双全的将军呢？这与他从小立志和不懈地追求是分不开的。

1882年，蔡锷出生于湖南邵阳一个贫穷的家庭里。他的母亲在逃荒的路上被家人缚在树上遗弃，后来被路过的好心人收养，一生都不知道自己的真实姓名。母亲的勤劳、质朴，对少年的蔡锷影响很大，所以他从很小的时候就努力读书，他的家乡至今还流传着关于他勤奋好学的故事。

蔡锷小的时候长得又瘦又小，白天要帮助家里人下大田干活，所以就得晚上读书。父亲怕他累坏了身

将军拔剑南天起
——护国英雄蔡锷

蔡锷故居

体，每天在豆油灯里放少量的油，并且叮嘱蔡锷："油燃尽了就休息。"可蔡锷觉得时间太短，根本不够用，于是他想出了一个好办法，当父亲已经睡着了的时候，就偷偷地向灯碟里加满油，这样就能读书到深夜了。

因为家里穷，根本买不起书，而他读起书来又是如饥似渴，所以唯一的办法就是借书了。时间不长，附近亲朋好友家里的书籍都被他借遍了，只得去远处借。有时，为了一本书，他要翻山越岭跑几十里路去。借回的书，他都反复诵读，并且喜欢亲手抄录，把书中的精华部分背下来，这样就对书中的含义有了比较深刻的理解。加上他天生就异常聪颖，所以进步很快，10岁时就能写出流畅的文章，因而有"神童"之称。13岁那年他参加科举考试，因为生得瘦小，是由父亲扛在肩膀上挤进考场的，在这次考试中他中了秀才。16岁时，他从宝庆出发，步行几百里地来到长沙，以总分第三名的成绩考入湖南时务学堂，是时务学堂第一班40名学生中年龄最小的。这个学堂是当时维新派代表人物谭嗣同和梁启超创办的，是最负盛名的培养维新人才的学堂。在这样的学堂里，蔡锷深受变法思潮的影响，也被梁启超大力宣传的维新理论所触动。在这里他每次考试都名列前茅，深得老师的器重和同学们的敬慕，他和梁启超就是从这时起结下了终生不解的师生之缘。

1898年，维新运动失败，梁启超逃到日本，不久，蔡锷也追随梁启超来到日本。当师生二人在日本小石川区久坚町会面时，梁启超久久地握住蔡锷的手不放，激动地说："松坡，可把你盼来了！"

蔡锷也动情地说："先生，可把你找到了！"

两个人真是有千言万语要说，从中午一直谈到深夜。

寂静的夜空，一轮皎洁的明月悬在深绿色的苍穹上，夜色是那么美好，这勾起了蔡锷对支离破碎的祖国的深深思念。那里的人民正遭受涂炭，那美丽的土地正在仕帝国主义列强的铁蹄践踏。想到这里他的眼

湖南时务学堂

谭嗣同 维新派人物，戊戌六君子之一。1898年参加戊戌变法，变法失败后，于1898年9月28日在北京宣武门外的菜市口英勇就义。同时被害的维新人士还有林旭、杨深秀、刘光第、杨锐、康广仁。六人并称"戊戌六君子"。

梁启超 中国近代史上著名的政治活动家、启蒙思想家、资产阶级宣传家、教育家、史学家和文学家，戊戌变法（百日维新）领袖之一。曾倡导文体改良的"诗界革命"和"小说界革命"，其著作合编为《饮冰室合集》。

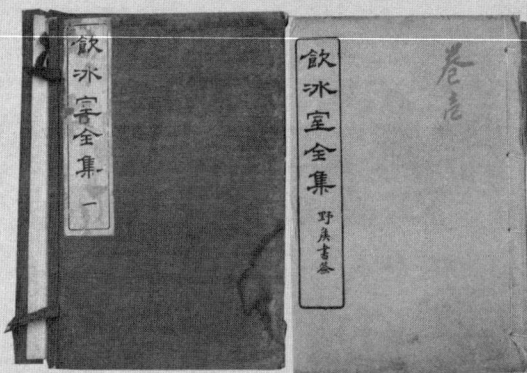

《饮冰室全集》

眶湿润了，男儿泪扑簌簌滚落下来，他的双拳攥得紧紧的……

望着他失神的样子，梁启超亲切地拍了拍他的肩膀说："怎么，想家了吗？对了，你此次来日本，有什么打算吗？"

蔡锷急忙用衣袖拭去挂在腮边的泪水，转过身来说："先生，我考虑过了，只是又要给您添麻烦了……"他欲言又止。

"松坡，不要客气嘛，说说你的打算，你是很有才华的青年，只要我办得到，一定帮你。"梁启超鼓励

梁启超江门故居的塑像
（梁启超系蔡锷就学于湖南时务
学堂时的老师）

梁启超故居

地说，并用眼神示意他说下去。

"先生，请您帮助我报考军校吧！学习军事是我此次到日本来的最大愿望。"他十分恳切地说。梁启超略微沉吟了一下，像是自言自语地说："是啊，国破家亡，山河破碎，有志男儿理当投笔从戎，驱除外敌，恢复家园，你的选择是对的，只是……"

"只是什么？"蔡锷焦急地问。

"你以如此瘦弱的身体，整天舞枪弄棒，冲锋陷阵，能吃得消吗？"梁启超不无担心地说。

"身体瘦弱怎么了？那些强壮如牛的国民不是一样给人家扛箱拉纤，打仗不只用手，更重要的是用脑，只要我勤学苦练，一定能够成为一个好指挥员的……"

由于激动，他的脸涨得红红的，从他坚定的目光里，梁启超看出他的主意已经拿定。蔡锷的远大抱负和爱国热情也深深地触动和感染着梁启超，他说："松坡，你不愧是中华儿女，我为有你这样的学生和朋友感到自豪！你放心，我会不遗余力地帮助你的……"

"太感谢先生了！"蔡锷兴奋地说道。

"只是泱泱中华，像你这样的好儿男，能有几人呢！"梁启超无限感慨地叹息道。

后来在梁启超的推荐和大力资助下，蔡锷如愿以偿地考入日本陆军成城学校，并于1902年毕业。同年8月，又以候补生的身份投日本仙台骑兵第二联队，成为一名入伍生。同年11月，与蒋百里等人一起自费考入当时的日本军事院校最高学府——东京士官学校第三期。

在几年的学校生活中，他怀着对祖国的眷恋之心，怀着学好本领救国救民于水火之中的远大抱负，流血流汗，终于学成一身过硬的本领。由于他天资过人，加上系统的军事课程的学习，到1903年11月从士官学校毕业时，已经成为一百多名同期毕业生中的佼佼者，他的军事天才在各科目中表现得很突出，被称作"中国士官之杰"。

将军拔剑南天起

著名军事家蒋百里与蔡锷同为东京士
官学校的优秀毕业生

　　这一消息像长了翅膀一样，传到清政府官员的耳
朵里，所以他刚一毕业，湖南、广西、贵州等地的封
疆大吏们便纷纷聘请他，承诺要委以重任。正好蔡锷
学成后要回到阔别已久的祖国一展抱负，所以他应湖
南巡抚端方之邀，于 1905 年初回到湖南任教练处帮

蔡锷公馆

办，兼任武备学堂和兵目学堂的教官。同年8月，广西巡抚李经义又聘请他做广西新军总参谋官兼总教练官，还兼任随营学堂总理官。蔡锷又在广西创办测绘学堂并任堂长，还创办了广西陆军小学，自任总办。所以，出现前文中广西陆军小学堂校场上的一幕，也就不足为奇了。

将军拔剑南天起

——护国英雄蔡锷

蔡锷与湖南时务学堂

湖南时务学堂是清末维新派为宣传变法培养人才，在长沙主办的中等学校。1897年初筹设，同年10月开办，先后录取12岁～16岁的学生（共3个班）以及年长的外课生，共二百余名。谭嗣同等在湖南巡抚陈宝箴、按察使黄遵宪和学政江标的赞助下，于1897年11月延聘《上海时务报》主笔梁启超到校主讲，并任中文总教习。谭嗣同、唐才常、欧榘甲、韩文举、

蔡锷是湖南时务学堂第一班40名学生中年龄最小者

叶觉迈先后任中文分教习，许奎垣任数学教习，李维格任西文总教习，王史任西文分教习，熊希龄任提调（校长）。梁启超吸取其师康有为在万木草堂的办学经验，拟学约十条，以立志、养心、治身、读书、穷理、学文、乐群和摄生第八条为堂中每日功课所当有事，以经世和传教等二条为学成以后所当有事。又订立功课详细章程，包括人人皆当通习的普通学和每人各专一门的专门学。教学内容分中学与西学：中学为经、史、诸子书；西学以外国语言文字为主，兼及西方社会政治学说与自然科学。学堂内研究学术，讨论政治，师生之间亲密无间。学生按日作札记，定期缴呈教习批改。梁启超等在讲课和对学生札记的批语中，激烈抨击封建专制主义传统观念，宣传民权平等学说和变法主张，为维新运动酝酿思想、准备干部。蔡锷是第一班40名学生中年龄最小者。该校与《湘学报》、《湘报》和南学会的活动，使湖南维新运动成为当时各省之冠，因而成立仅数月就

将军拔剑南天起
——护国英雄蔡锷

遭到守旧势力的猛烈攻击。1898年3月，梁启超离开长沙。7月，王先谦、叶德辉等向陈宝箴递交《湘绅公呈》，诬蔑该校"阴行邪说"。不久，时务学堂被迫停办。戊戌变法后，改为求实书院。

时务轩是为纪念时务学堂而建的纪念性建筑

戊戌变法

　　戊戌变法又名百日维新、戊戌维新、维新变法，是发生于清朝光绪二十四年间（1898年6月11日~9月21日）的一项政治改革运动。这次变法主张由光绪帝亲自领导，以康有为、梁启超为领袖人物，进行政治体制的变革，主要内容是：学习西方，提倡科学文化，改革政治、教育制度，发展农、工、商业等。由于支持新政的光绪推行速度过快，这次运动遭到以慈禧太后为首的守旧派的强烈反对。1898年9月慈禧太后等发动政变，光绪被囚，维新派人物康有为、梁启超分别逃往法国和日本。谭嗣同等6人（戊戌六君子）被杀害，历时仅103天的变法终于失败。变法的失败，使中国损失了一批热心于国家改革的精英和支持者。戊戌变法失败后，蔡锷赴日学习军事。

将军拔剑南天起
——护国英雄蔡锷

远去的足音

戊戌中国国民临内忧外患迫危局于内奇横引强还相欺

五千年文明古国发岌岌乎将倾于一旦之时其真若不挽回痛心疾首

变法维新图强时有志维新图强而奔走呼号裂肺振臂而起

谭嗣同林旭杨深秀康广仁杨锐刘光弟六君子之志祝北京解能挽救国难

解民倒悬救被守旧势力惨杀于北京菜市口

史称戊戌六君子

身许国血践戮一身之业激励天下愧民族之觉醒泪洒胸中华英魂不远就可法亡时值改革无宁

六君子诸君叹临月青祖六君与志

戊戌六君子

蔡锷"军事救国"思想的发轫

1899年7月，蔡锷东渡日本，入陆军成城学校学习，从此开始了"军事救国"的生涯。

在日本，蔡锷一面如饥似渴地学习军事知识，一面苦苦思索拯救中国的途径。1902年2月，他在梁启超创办的《新民丛报》上，发表了题为《军国民篇》的文章，阐述了他的救国救民主张。他认为中国之所以"国力孱弱，生气销（通'消'）沉"，主要是因为教育落后、思想陈旧、人民身体羸弱、武器低劣。若要革除上述弊病，必须实行"军国民主义。"

他断言："居今日而不以军国民主义普及四万万，则中国其真亡矣。"（《军国民篇》，《蔡松坡集》1984年版，第15页）那么，怎样实行"军国民主义"呢？蔡锷认为"欲建造军国民，必先陶铸国魂"（《军国民篇》，《蔡松坡集》，第32页）。至于"国魂"的具体内容是什么，蔡锷虽冥思苦想，但未能作出回答。尽管如此，他的这种探索还是有意义的。当时，国内正掀起编练新军、改革军制的热潮，把练兵作为救国的"第一要义"。蔡锷等爱国青年则认为尚武不仅需要刀剑，而且需要精神，御侮不仅需要枪炮，而且需要国魂。他提出对全民进行军事教育、军事训练，以提高国民素质的主张。这种主张，与单纯依靠改革军制以求强兵御侮的思想相比，显然视野更开阔、更深远。

蔡锷曾在《新民丛报》上发表文章《军国民篇》

蔡锷与日本陆军士官学校

日本陆军士官学校简称"陆士"，是在明治维新期间开办的，前身是1868年8月开办的京都军校。该校主要传授军事课程，并且注重向学生灌输"效忠天皇"的忠君思想和为"大日本帝国"不惜肝脑涂地的军国主义思想，以非常残忍的方法来培养学生的武士道精神。该校的毕业生是日本近代军队的骨干，近代日本四处发动的侵略战争中的陆军军官，无论是将军还是少尉，几乎都曾在这里学习过，其中6人曾担任内阁首相。在当时由于受到"政治学西洋，军事学东洋"的影响，很多中国人也先后在该校就学，如蔡锷、蒋百里、张孝淮、许崇智、孙传芳、阎锡山、尹昌衡、蒋作宾、何应钦、汤恩伯、朱绍良、程潜等。

蔡锷是否加入了同盟会

关于蔡锷是否加入了同盟会，有不同的说法。据史学家曾业英等缜密考证，认为蔡锷早年加入的是兴汉会，而非同盟会。

1905年7月，在日本黑龙会领袖内田良平的牵线下，孙中山在东京倡导筹备成立中国同盟会。8月20日，在东京赤坂区头山满提供的民宅二楼，中国革命同盟会成立（后为避免日本政府反对，改名为中国同盟会），孙中山被推举为总理，黄兴等任庶务。该组织制定了《军政府宣言》《中国同盟会总章》和《革命方略》等文件，并决定在国内外建立支部和分会，联络华侨、会党和新军，成为全国性的革命组织。

同盟会确认其政纲是孙中山提出的"驱除鞑虏，恢复中华，创立民国，平均地权"。该组织以《民报》作为机关刊物（原名《二十世纪之支那》，为华兴会机关刊物，同盟会成立后易名《民报》）。中国同盟会与孙中山设想的一个

将军拔剑南天起
——护国英雄蔡锷

同盟会重要成员——黄兴

中华民国的政府组织一致：在总理下设行政、立法和司法三个部，这实际上是三权分立的原则。

领导云南起义

　　蔡锷原来在政治上主张君主立宪，是梁启超的追随者。但是随着革命形势的发展，他开始认识到革命潮流不可抗拒，开始同情革命，并与革命党人保持联系。

　　1911年10月10日，武昌起义爆发，并取得了成功。消息传来，已身为云南新军第19镇第37协协统（旅长）的蔡锷，深受鼓舞，感到起义时机已经成熟，所以他积极活动，联络革命党人，商讨起义具体事宜。

　　同年10月19日，蔡锷与刘存厚、沈汪度、唐继尧、黄毓成等革命党人召开会议，商量响应武昌起义的大事。会上，蔡锷介绍了各地革命情况及自己的力量配备，他说："各位，今天在座的都是志同道合的革命党人。现在，武昌起义已经取得胜利，长江沿岸的革命烈火正在熊熊燃烧，这一天我们已经等得很久了。"稍后，他抑制了一下自己的激动心情接着说："我们的士兵素质较好，并且都装备着新式精良武器，军队中充满较浓的革命情绪，战斗力很强，只要我们策划好，布置好、起义一定会取得成功的。"

　　"对！现在是万事俱备，只欠东风，只要我们登

蔡锷塑像

高一呼，起义随时可以举行！"年轻气盛的黄毓成附和道。

唐继尧也胸有成竹地说："我看没问题，士兵们也都摩拳擦掌，早就想大干一番了，满清贵族的欺压实在受够了，真想杀他们几个，出口恶气！".

这次会议决定，为把握起见，众人回去后先联络官兵，与那些可靠的进步军官逐层组织小团体，且与他们歃血为盟，让他们进一步坚定信念，下定决心，树立必胜信心。同时要准备充足的弹药，以备起义时用。

1911年10月22日，他们又在沈汪度的家里召开了第二次秘密会议，刘存厚、谢汝翼、韩凤楼分别报告起义准备工作的进展情况，一切都很顺利。

10月25日，他们又在唐继尧的家里召开了第三次秘密会议。会上气氛十分热烈。蔡锷首先发言："今天召集各位来，是因为起义一事宜早不宜迟，恐夜长梦多。为保守秘密，确保起义的顺利进行和成功，我提议我们几人也歃血为盟，你们看如何？"说完，他用征询的目光，扫视了一下到场的各位。

"好啊！只要对起义有利，我看怎么地都行。"雷飙抢着说。

其他人也一致赞成。蔡锷接着说："那好，我看就

　　武昌起义的成功鼓舞了身在云南的蔡锷。图为武昌起义指挥部旧址。

请殷承瓛将军执笔吧，写个誓词。"

　　这时唐继尧把毛笔拿了出来，并让家人抱出一只雪白的大公鸡。他打发走家人，关上门后，麻利地抽出锋利的战刀，只在鸡脖子上一抹，那冒着气泡的鸡血便流到了碗里。

殷承瓛这时也洗净了手，握笔在手，用眼睛望着蔡锷，听他说出誓词的内容来。

此时的蔡锷，表情严肃，双眉微蹙，稍做沉思，朗声说道："协力同心，恢复汉室。有渝此盟，天人共殛。"

殷承瓛早已用毛笔蘸了冒着热气的鸡血，用正楷端端正正地写完这16个字，然后用火烧化，调在酒里。

蔡锷端起酒来，意味深长地看了大家一眼，慷慨激昂地说道："此次起义成败，全赖各位将军。我提议，为了胜利，干此一杯！"他一饮而尽，其他人也都喝干了杯中的酒，表示信守誓言，永结同心。

1911年10月28日，蔡锷又召集他们举行了起义前的最后一次秘密会议。在这次会议上大家一致推举蔡锷为起义军临时总司令，起义打响的时间为10月30日深夜12点。最后，由蔡锷作具体战斗部署。他说："此次起义的进攻计划是：省城大东门至小西门以北地区，归73标占领，要点是军械局和五华山。省城大东门至小西门以南地区，归74标占领，要点是南城外巡防第二营和第四营、南城门楼、督署、藩库、盐库。炮兵阵地在大、小东门及小西门至南门城墙一带排列，向督署、五华山、军械局射击。省城北门、小东门、小西门、南门由讲武堂学生负责打开。起义军军帽上系白布条，口令为'军'（军械局）、'总'（总督署）。"

当时，73标本部驻扎在昆明北校场，24标本部和炮标驻扎在南门外的巫家坝。这次会上还进行了比较严密、细致的分工，会后大家便分头准备去了。

第二天，蔡锷亲自赶到巫家坝，和74标及炮标各营管带的革命同志商议落实起义计划。1911年10月30日（农历九月初九日，即重九）下午7点钟，蔡锷以夜间军事演习为由，下令各队司务长做饭，8点钟又命令军需长李和声发给士兵弹药，为当夜起义做准备。

由于连日的操劳，加上几天几夜没怎么合眼，蔡锷显得很疲倦，但他还是打起精神在74标本部召集刘存厚、雷飙、刘云峰、庾恩旸、罗佩金、谢汝翼等召开战前会议，对起义进行具体部署。这几天，他的咽喉肿痛，声音也是嘶哑的，但他还是在会上做了细致的安排："各位，距离起义爆发时间只剩下几个小时了，有这么几个问题，有必要商讨一下。"勤务兵走进来要给他倒水，他挥挥手，勤务兵知趣地敬个礼退出去了。雷飙急忙给他的杯子倒上热水，端到他的嘴边，十分关切地说："先生（雷飙曾是蔡锷所办军校的学生），您也要注意身体啊！官兵们都倚仗着您呢……"

蔡锷感慨地说："革命不成功！哪里顾得上身体啊，再说，也没什么了不起的。"

接着他进入正题："有几个问题这样安排一下：（一）12点时吹号，传令让步兵、炮兵两标的军官到74标本部前集合，宣布革命宗旨，然后起义。有反对的当场用手枪击毙。（二）明天上午9点钟由炮标的三营派一名军官带领六名战士，把巫家坝、干海子、归化寺的所有外线电话剪断，并把通往迤南的各个电话线全部剪断，掐断敌人与外面的联系，防止他们搬来救兵。（三）由74标二营派六名战士在双龙桥以东约一百米的桥梁处，断绝交通，挡住外出报信的人，有

辛亥革命博物馆

——护国英雄蔡锷

将军拔剑南天起

不听阻拦的一律杀掉。"

在座的各位军官都为蔡锷如此周密的安排赞叹不已，大家劝他休息两个小时。

正在这时，卫兵跑进来报告，说城内枪声大作，大火冲天，不知发生了什么事情。

蔡锷一惊，在场其他人全都站立起来。

"不要慌，我分析是73标那边的起义事宜已经暴露，迫不得已提前动手了。"蔡锷镇静地说。

果然不出蔡锷所料。原来，1911年10月30日晚八点多钟，昆明北校场73标第三营李鸿祥所部排长黄毓英等人派士兵抬子弹，为起义做准备，被值日队官、北洋派的唐元良发现并追究，情绪激昂的士兵开枪打死了唐元良，并杀死了另外几个反动军官，起义被迫提前几个小时由基层发动起来。李根源等立即率领73标起义官兵攻破北门，按蔡锷的布置进攻五华山和军械局，于是发生了激烈战斗。

蔡锷见形势发生了变化，便传令鸣号，把步、炮两标的军官集合到74标本部前，由他宣布了革命宗旨和作战计划，并作了振兴人心的战前演说，他说："满清政府的专制统治已数百年，政治腐败，民不聊生，四万万同胞遭受涂炭。现在，武昌起义首先打响并取得了胜利，全国各地纷纷响应，这些都是为了什么？

都是为了推翻专制统治，恢复老百姓做人的尊严，我们当兵的不也是老百姓中的一员吗？与其被他们缴械，不如拿起刀枪起义，推翻满清黑暗的统治，如果能够胜利，也是我们军人的一大荣耀啊……"

听了蔡锷的话，官兵们深受启发和鼓舞，群情振奋，斗志旺盛，并且三呼"革命军万岁"，表示赞成起义。

蔡锷下令："整队攻城！"并且作了临时分工，以74标二营和炮队第一营为一纵队，攻打督署；以74标一营、炮队第二营为另一纵队，攻占五华山，进攻军械局；炮队第三营占领东、南两门。由蔡锷亲自率领，浩浩荡荡，向昆明城进发。

走着走着，忽然前面传来了密集的枪声，原来是遇到了奉命阻击起义军的马标。蔡锷对身边的卫兵说："到前边向马标的人喊话，就说这支队伍是我蔡锷的，如果他们能参加起义更好，如果不参加请他们保持中立，何必自相残杀呢？"

马标的人一听是蔡锷到了，闪开一条大路，但大都贪生怕死，所以没有加入起义队伍。

快接近城门的时候，南门外的巡防营又归顺了蔡锷，壮大了起义队伍。

这时，云贵总督李经义、第19镇统制钟麟同、总

将军拔剑南天起

护国英雄蔡锷

蔡锷像

参议靳云鹏急得如热锅上的蚂蚁，调兵遣将，企图顽抗到底。

钟麟同把电话摇得咔咔直响，可怎么也挂不通。他哪里知道，蔡锷早就派人把电话线全部掐断了。钟麟同气急败坏地把电话摔到地上。

蔡锷率74标和炮标进城后，把起义军司令部设在江南会馆，亲自指挥战斗。

重九（因是九月初九）之夜，昆明战斗异常激烈。起义官兵们浴血奋战，不怕牺牲，在战火硝烟中接受了革命的洗礼，涌现出许多可歌可泣的英雄人物和英勇事迹：

云南讲武堂特别班学生、74标第二营连长朱德在这次战斗中表现得尤其出色，他率一个连的兵力攻打云贵总督署，因为他身先士卒，灵活机动，英勇善战，指挥得力，所以很快收拾了督署卫队，李经义没办法只得仓皇逃走。

云南讲武堂甲班二期毕业生、73标所属排长文鸿逵，在进攻五华山南麓的红栅子时，英勇异常，他首先干掉了哨兵，然而摸到山上，端着机枪向敌群猛扫，打得敌人哭爹喊娘，但他把自己也全部暴露给敌人。他哪里知道黑暗中的掩体里黑洞洞的机枪口已对准了他，随即喷出一串串火舌，一颗颗子弹射进了他的胸膛，顿时鲜血喷涌，胸膛被打成蜂窝状，他壮烈牺牲。战士们一看敌人如此凶残，文排长死得如此之惨，眼睛都红了，早就把生死抛到九霄云外了。他们一个个如下山的猛虎，瞪着血红的眼睛，迎着如雨的枪弹边打边喊着："冲啊！为文排长报仇啊！"敌人被不怕牺牲的起义官兵吓呆了，想跑两条腿说啥也不听使唤，能迈动步的撒腿就跑，只恨爹娘少生了两条腿，跑得慢的都到阎王爷那里报到去了。起义军很快占领了五华山，拿下了军械局。

战斗一直持续到第二天中午，李经义躲了起来，钟麟同当场被杀，靳云鹏化装逃走，起义宣告成功。由于起义爆发于农历九月初九夜，所以历史上也称为"重九起义"。

起义的胜利是用革命志士的鲜血换回来的。这次起义的代价是非常大的。一共牺牲了一百五十多人，受伤三百多人。敌方死二百多人，受伤几百人。

1911年11月1日，起义官兵在昆明五华山两级师范学堂组织成立了"大中华国云南军都督府"，也叫"大汉云南军政府"，并一致推举蔡锷为云南军都督。

对于"重九起义"，朱德同志曾经写诗加以赞扬，这里摘录其中的两首：

其一

云南起义是重阳，下定决心援武昌。

经过多时诸运动，功成一夜庆开场。

其二

靳逃钟死人称快，举出都督是蔡锷。

五华山上树红旗，出师两路援川鄂。

　　云南是武昌起义之后最早举行起义并宣布"独立"的省份之一。起义的胜利声援了武昌，推动了贵州、四川及一些省的独立，为推翻清王朝在全国的统治，建立中华民国，做出了重大贡献，在中国近代史上写下了光辉的一页。"重九"武装起义，是辛亥革命的一个重要组成部分，在中国革命史上谱写了光辉的篇章。云南各族人民的斗争，不仅直接埋葬了清王朝在云南的统治，而且有力地推动了全国革命高潮的到来。

将军拔剑南天起
——护国英雄蔡锷

武昌起义

黄花岗起义失败后，一部分革命党人决定把目标转向长江流域，准备在以武汉为中心的两湖地区发动一次新的武装起义。通过革命党人的努力，终于在1911年（农历辛亥年）10月10日成功地发动了具有划时代意义的武昌起义。起义的胜利，逐步使清朝走向灭亡。

武昌起义前夕，中国的各种社会矛盾不断激化，人民群众的反抗斗争持续不断，革命党人不断发动武装起义。1906年，清廷抛出"预备立宪"，其实质却是加强了皇族的权力，广大立宪派对此极为不满。1908年，慈禧太后与光绪皇帝相继去世，年仅3岁的溥仪即位，其父载沣摄政。1911年5月，清政府公布的内阁名单中满族人有九人（其中七人是皇族），汉族有四人，被人称为"皇族内阁"。立宪派对此大失所望，有少数人参加了革命党。为取得外国的支持，以维护其统治，清廷将广东、四川、湖北、湖南等地的商办铁路收为国有，然后再卖给外国，掀起了全国大规模的人民反抗运动——保路运动，其中四川最为激烈。清廷急忙调动湖北新军入四川镇压，导致湖北兵力空虚，所以革命党人决定发动起义。

将军拔剑南天起
——护国英雄蔡锷

武昌起义门（中和门）旧址

黄花岗起义

黄花岗起义是中国同盟会于1911年（辛亥年）在广州发动的一场起义，又称"辛亥广州起义""三二九广州起义"。

同盟会发动的一系列反清武装起义虽然都失败了，但是不少人从实际斗争中逐渐接受了黄兴在几年前就总结的教训：反清武装起义应

黄兴塑像

将军拔剑南天起
——护国英雄蔡锷

以争取清军中的新军倒戈为主。从此，革命党人开始注意在军队内部进行革命的宣传和组织工作。

1910 年 11 月，孙中山主持召开同盟会槟榔屿会议，决定在广州再次起义，由黄兴、赵声驻香港成立统筹部，直接组织指挥，并组织"先锋队"（敢死队）作为起义中坚力量，在广州设立起义总指挥部。

1911 年 4 月 27 日（农历三月二十九

黄兴书法

日），黄花岗起义爆发，黄兴率领革命党人攻打两广总督署，经过一昼夜激战，起义失败。烈士的遗骸被同盟会会员潘达微冒着生命危险，收殓合葬在广州城外的黄花岗。

黄花岗七十二烈士墓

唐继尧

1903 年，唐继尧考上清朝秀才，翌年留学日本，就读于东京振武学校，然后入日本陆军士官学校。在学习期间加入同盟会。1909 年学成归国后，返云南任督练公所提调、云南讲武堂教官，之后加入新军。1911 年，他参与蔡锷指挥的昆明起义，任云南军政府军政、参谋两部次长兼讲武堂总办。1912 年，率该军占领贵阳，自任贵州都督。

此后，他与孙中山交恶。1913 年，支持袁世凯的唐继尧，参与镇压二次革命，攻打四川熊克武的军队。同年 10 月，他继蔡锷任云南都督。1915 年 12 月，因不满袁世凯称帝，他与蔡锷联合宣布云南独立，并发起护国战争。蔡锷为第一军总司令，出师四川；李烈钧为第二军总司令，出师广西；唐继尧自任第三军总司令，留守云南。

1917 年唐继尧与孙中山修好，并支持孙中山发动的护法运动，但是他暗中自组靖国军，成为云南地区的领导者、军阀。后来他组织组织民治党，倡导联省自治。1922年，他创立东陆大学（今云南大学的前身）。1927年2月6日，其手下大将龙云发动政变，唐继尧失去云南政权，同年5月23日病死于昆明，终年45五岁。

唐继尧

将军拔剑南天起

——护国英雄蔡锷

虎 口 脱 险

蔡锷当上云南军都督以后，很快统一了全省，并进行了各方面的改革，把云南省治理得井井有条。

1913年，袁世凯已经窃取了辛亥革命的胜利果实。

袁世凯对蔡锷既佩服又害怕，1913年9月的一天，他把曹汝霖找来，密谋对付蔡锷的办法。老奸巨猾的袁世凯说道："汝霖兄，革命虽告胜利，但全国局势不稳，急需栋梁，我看云南的蔡锷文武双全，如能调来京城，我必当重用啊！"

看袁世凯装模作样，阴险狡诈的曹汝霖早已明白了三分，但却不急于把话说透，而是顺着袁世凯的话说："我的大总统，你可真称得上是慧眼识英才啊！蔡锷这匹千里马不知要怎样感谢你这个伯乐呢！哈哈，不过……"曹汝霖话到嘴边故意留了半句，用狡黠的目光盯着袁世凯。

袁世凯还在装傻充愣，想故意把话岔过去："汝霖兄真是过奖，我也只是为了民国大计着想，应该做的，应该做的，哈哈哈哈。"

"不过，他这个千里马可是一匹烈驹啊！搞不好他会炝蹶子，把他调到北京，是因为你对他在云南羽翼日渐丰满放心不下吧？哈哈哈哈。"曹汝霖见他死不认账，一语道破了天机。

袁世凯一看再瞒已经没有必要了，便一边大笑一边说："哈哈哈哈，知我者，汝霖兄也。既然这样，你看什么时候调他来京？"

二人真是臭味相投，开始密谋起来。

"事不宜迟，越快越好。"

当时蔡锷并没有完全看透袁世凯的反动本质，对他还抱有不切实际的幻想。1913年9月28日，他接到了袁世凯的命令，让他赴京任职。虽然云南人苦苦留他，他还是于10月踏上了去北京的旅程。一路上，他思绪万千，眼前不时浮现出云南人民扶老携幼依依相送的情景。他想得太天真了，觉得到北京后能一展抱负，他哪里知道，此行他是自投罗网，羊入虎口。

1913年10月4日，他来到北京。袁世凯为了拉拢他、稳住他，特意派员为他举行欢迎仪式，并且慷慨赠送他1万元钱为他祝寿。其实蔡锷的生日是12月18日，这也只是袁世凯玩弄的手段而已。

"多谢大总统美意，我蔡某心领，这钱我不能要。"蔡锷坚决拒绝接受馈赠。

这时陆军次长陈宦走过来劝道："蔡将军，大总统

将军拔剑南天起

辛亥革命群像

亲自为你的寿诞操心，这是你的莫大荣幸啊！再说出于礼貌你也应该收下，总得给大总统一点儿面子吧！"

"那就多谢大总统了！"蔡锷勉强收下。

接着袁世凯又任命蔡锷为陆军部编译处副总裁（总裁是段祺瑞）、全国经界局督办、陆海军大元帅统率办事处处员、政治会议会员、参政院参政等"要职"，并给了个"昭威将军"的头衔。最初的一段时间，蔡锷真的卖力地为袁世凯工作着。

袁世凯当上正式大总统后，更加肆无忌惮了，他

蔡锷遗集

——护国英雄蔡锷

将军拔剑南天起

竟然做起当皇帝的美梦来了。为了当皇帝，得到外国的支持，他还进行了大规模的卖国活动，竟然和日本签订了丧权辱国的《二十一条》。蔡锷主张与日本作战，并花费巨大心血制订了周密的对日作战计划，可袁世凯根本不予理睬。直到这时，蔡锷才看清了袁世凯的丑恶面目，并从此走上了反袁道路。

当时梁启超住在天津，这时也正在为推翻袁世凯积极活动着。1915年8月15日，蔡锷赶赴天津，秘密会见梁启超，阔别已久的师生叙叙旧事后马上商量起反对袁世凯复辟帝制的事情来。

蔡锷愤慨地说道："学生真是有眼无珠，以前怎么

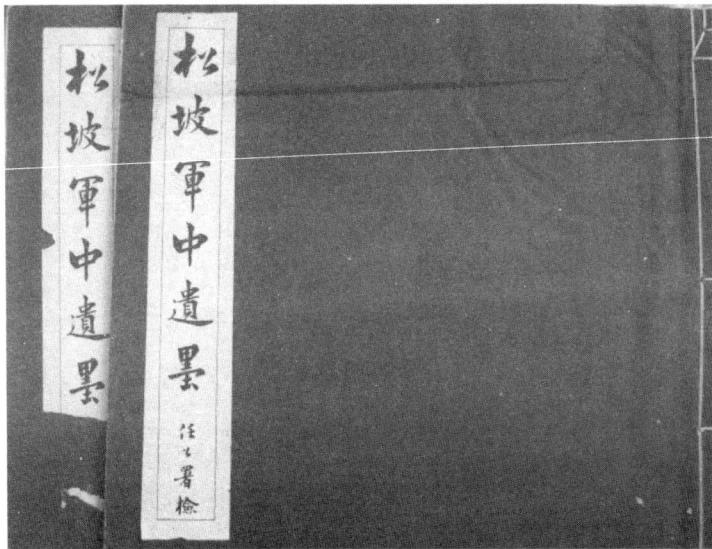

蔡锷遗集

蔡锷家书

就没有看清袁世凯的本来面目呢？"

梁启超说："袁世凯老奸巨猾，很善于伪装。现在为了当皇帝，他已经彻底摘下了假面具，我们要想对策，不能让他的美梦变成现实。"

蔡锷接着说："如果袁世凯做了皇帝，让世界如何看待我们？现在全国上下人人义愤，我们要把他们组织起来，用革命的武力推翻他。"

从此以后，几乎每周师生都要见面，共同商量和制订反袁计划，最后取得了一致的意见，那就是：在袁世凯下令称帝后云南首先宣布独立，一个月后贵州响应，两个月后广西响应，然后汇合云南、贵州两省的兵力占领四川，用广西的兵力占领广东，三四个月以后在湖北会师，再拿下中原地区。

从这时候开始，蔡锷便经常与西南各省军政人员用密电联络，互相通报消息。他秘密地派何鹏翔、黄实等去云南，派彭权、何上林去广西，派赵恒惕、陈复初去湖南做准备工作，并把贵州巡抚戴戡招来天津，共同策划云南、广西起义。又给他的学生——四川军队的旅长雷飙写了信，信中说："你在四川带兵，一定要处处注意发现人才，将来好为我们所用。特别是各部队的军官，更应该时刻留心观察，联络他们，与他们搞好团结，把他们培养成将来起义的骨干力量。"南方各地的起义准备工作顺利进行着，只等蔡锷一到，竖起大旗，便可举事。

为了尽快离京，逃出虎口，蔡锷决定先稳住袁世凯，给袁世凯及其爪牙一个错觉。

一次，袁世凯找来蔡锷，和他谈起了梁启超，以便了解蔡锷的态度。

"蔡将军，听说你的恩师最近写了一篇文章，对我很不满意，不知你对这个问题是怎么看的？"这次袁世凯说得直截了当。

"会有此事？梁先生本来就是个书呆子，成天就知道摆弄文墨，这次竟然写到大总统的头上来了，真是敢在太岁头上动土，太不识时务了！"蔡锷装作很生气的样子说。

"你能不能劝劝他，这样下去对谁都不好，你说呢？"袁世凯观察着蔡锷的反应。

蔡锷无可奈何地说："书呆子哪里劝得动？再说，秀才造反十年不成，他一个书呆子成不了多大气候，请大总统放心吧。"蔡锷一番话说得很得体，没露出什么破绽，袁世凯又开始打官腔了："那就好。蔡将军，现在国家正在用人之际，你智勇双全，又享有威名，前途无量，前途无量啊！哈哈哈哈。"

从袁世凯那里出来，蔡锷已经意识到，袁世凯开始注意防范他了，稍有不慎，便会被袁世凯抓住把柄，后果不堪设想，将直接影响到反袁斗争的成败。

第二天，他刚到统率办事处点完卯，袁世凯的爪牙便来找他，并拿出赞成帝制题名录对他进行试探。蔡锷未假思索，非常"虔诚"地在上面写下了"赞成"两个大字，袁世凯的阴谋又一次破产。

通过这件事，蔡锷更加感到自己处境的危险，可老母和妻子都在京城，全家一起逃出虎口

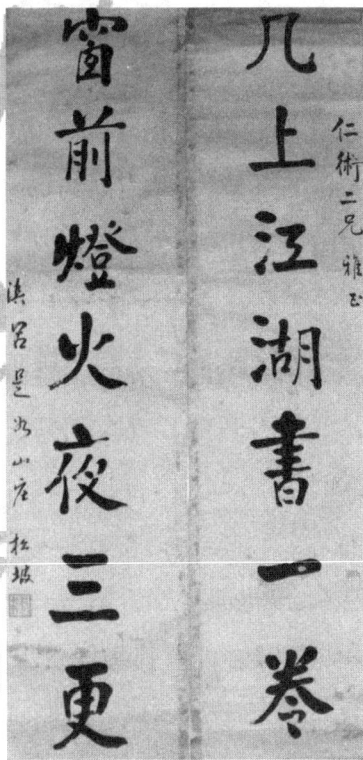

蔡锷书法

恐怕不是那么容易。于是，他想出一条苦肉计。

不久，人们发现本来生活作风十分严谨的蔡锷竟然大摇大摆地出入八大胡同的妓院，一副百无聊赖、无所作为、纵情声色的样子。时间不长，竟传出了他的种种绯闻，而且越传越奇，越传越远，一直传到了袁世凯的耳朵里。

事情的大致经过是这样的：北京八大胡同的妓院有一位红得发紫的名妓叫小凤仙。当时她正值妙龄，天生丽质，美艳绝伦，且风情万种，一直是八旗阔少爷们追逐的对象。但她本是良家女子，迫不得已才沦落风尘之中，所以其本质是好的，对那些只知道挥霍钱财的纨绔子弟不屑一顾，给她多少银子她也不愿意接待。

一天，蔡锷又装模作样地到八大胡同闲逛，来到小凤仙所在的妓院喝茶。两人不期而遇，小凤仙顿时被他的谈吐和风度所倾倒，蔡锷也为小凤仙的悲惨遭遇而愤愤不平。第一次见面便谈得很投机，来往也越来越密切。每次见面，蔡锷都给她讲革命道理，并在生活等各方面给了她许多照顾，两个人也建立了深厚的兄妹情谊。

对于这件事，蔡锷是一点儿也不顾忌的，因为他就是想造一造舆论，让袁世凯对他放心。偏巧，蔡锷

将军拔剑南天起

护国英雄蔡锷

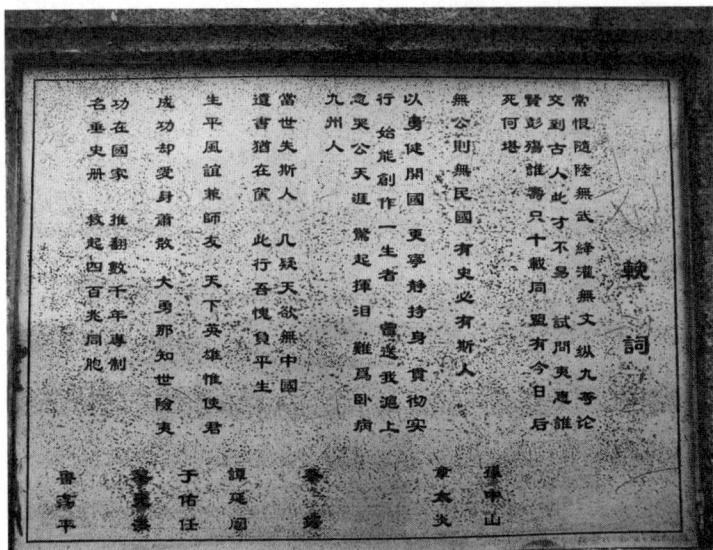

孙中山等人为蔡锷所题挽联

的夫人闻听此事后，稍稍对他表示点儿不满，他就大动干戈，和妻子打得不可开交，甚至把家中的杯盘家具也都给砸了。这件事惊动了袁世凯，他招来王揖唐和朱启钤，对他们说："松坡简直和孩子一样，怎么和老婆闹成这个样子呢？你们前去帮他们夫妻劝解劝解。"

其实这是袁世凯耍的又一个花招，想要探一下虚实。

二人急忙来到蔡锷家里，一看打得可真够凶的：到处都是摔碎的东西，桌子翻了，椅子倒了，蔡夫人的头发散了，蔡锷的衣服也破了，老太太站在一边边抹眼泪边数落着儿子。

这时，蔡夫人已经明白了蔡锷的用意，一见王、朱二人进来，闹得更凶了，鼻涕一把泪一把地撒起泼来："你这个没良心的，当官了，就不要结发妻子！被小凤仙那狐狸精给迷住了，这日子没法过了……"

蔡锷一看机会来了，当着他们两个人的面把假戏做得更真了："我就是喜欢她，不愿意过你就给我滚！滚得越远越好！"

"走就走！谁愿意和你这样朝三暮四没有人性的人生活在一起……"说完走进内室，拿出事先准备好的包裹，领着老太太和孩子，在家人的护送下回湖南老家了。

蔡锷在王、朱二人面前一点儿也没表现出离别的悲伤，而且叫骂不绝，并要朱启钤替自己物色美貌女子。

王、朱二人回去把这件事详细地报告给袁世凯，袁世凯得意地笑道："松坡可真是个风流将军，你们多给他找几个漂亮女子，让他尽情享乐吧！哈哈哈哈。"

此后，蔡锷更是常去八大胡同，并把这里作为与外界联络的秘密据点。

蔡锷的家人离京后，引起了奸诈狡猾的袁世凯的戒备。于是趁蔡锷不在家里，派一伙便衣军警闯入他家，翻箱倒柜，检查信函和电报。因为蔡锷事先早有

将军拔剑南天起

——护国英雄蔡锷

蔡锷像

防范，所以一无所获。这一事件的发生，使蔡锷预感到袁世凯就要向他下手了。

当时，他的四周已布满了袁世凯的密探和爪牙，想要逃离虎口可不是件容易的事。但蔡锷毕竟是计谋过人的大将军，一个逃离北京的周密计划已经在他脑子里形成了。

自从蔡锷兼任统率办事处办事员以后，每天一定到办事处点卯，而且一天不差，天天都是上午11点。1915年11月11日，他故意把手表拨到11点，然后赶到统率办事处。因为办公时间没到，所以处内没有人，只有值班人员。蔡锷装作用自己的手表对值班室的时钟。值班人员说："值班室的时钟没有错，是将军的表差得太多了。"

蔡锷与家人的合影

　　蔡锷自言自语地说:"我昨晚一夜没有睡觉,表好像偷停过了,所以来得太早了。既然来了,就点卯吧!"

　　点卯后,他急速赶到火车站,上了火车,奔天津而去。

　　就这样,他打了一个"时间差",十分巧妙地离开了北京,脱离了虎口。

辛亥革命的历史意义

辛亥革命，是指发生于农历辛亥年（公元 1911），旨在推翻清朝专制帝制王朝、建立共和政体的全国性革命。1911年，清政府出卖铁路修筑权，激起全国人民的反抗，四川等地爆发保路运动。1911年10月10日，武汉地区的革命团体文学社和共进会发动武昌起义，接着各省纷纷响应。因为1911年为旧历辛亥年，所以称"辛亥革命"。

辛亥革命给封建专制制度以致命的一击。

061

将军拔剑南天起
——护国英雄蔡锷

它推翻了腐败的清王朝，结束了中国两千多年的封建君主专制制度，建立起资产阶级共和国，推动了历史的前进。辛亥革命前后的一系列事件对此后中国宪政与法治发展、中央及地方政治、中央与地方关系等都产生了重大影响，对中国的外交、中国的边防形势也有重大影响。辛亥革命后，经过南北议和，产生了北洋政府，在坚定维护国家统一和领土完整，在取消不平等条约和提高国家地位方面取得了巨大成就。辛亥革命使人民获得了一些民主和共和的权利，在以后的历史进程中，无论谁想做皇帝，无论谁想复辟帝制，都在人民的反对下迅速垮台。

辛亥革命推翻了"洋人的朝廷"，沉重打击了帝国主义的侵略势力。辛亥革命以后，帝国主义不得不一再更换他们的在华代理人，但再也找不到能够控制全局的统治工具，再也无力在中国建立比较稳定的统治秩序。

辛亥革命为民族资本主义的发展创造了有利的条件。民国建立以后，国内实业集团纷纷

成立，开工厂、设银行成为风气。民族资本主义的经济力量在短短的几年内就有了显著的增长，无产阶级队伍也迅速壮大起来

辛亥革命对近代亚洲各国被压迫民族的解放运动，产生了比较广泛的影响，特别是对越南、印度尼西亚等国的反对殖民主义的斗争起了推动作用，在亚洲的历史上也是一次伟大的转折，列宁把辛亥革命视为"亚洲的觉醒"。

对辛亥革命的评价

在民国头儿年，知识分子和革命的参与者为辛亥革命成功推翻满清政府兴奋不已，对辛亥革命的成就有较高的评价。不过，由于共和、民主并没有在辛亥革命后得到真正的实施，人们也从不同的角度作出反思。孙中山在1921年给俄罗斯外交人民委员齐契林的信中指出，"现在我的朋友们都承认：我的辞职是一个巨大的政治错误"，孙中山在遗嘱内也说"革命尚未成功，同志仍需努力"。20世纪20年代以后的国共

两党，则对辛亥革命有了较高的评价。国民党视孙中山为中华民国的国父，视辛亥革命为其所成功领导的革命，给予辛亥革命极高的评价：辛亥革命是现代中国史的起点，是中国能发展成民主及现代的国家最重要的关键。

例如，刘少奇认为"辛亥革命使民主共和国的观念从此深入人心"。周恩来指出："辛亥革命，推翻了清朝统治，结束了我国两千多年的君主专制制度，使人们在精神上获得了空前的大解放，为以后革命的发展开辟了道路。这是一个伟大的胜利。"何香凝认为："辛亥革命是一个伟大的胜利，它摧毁了两千多年的君主专制制度，在广大人民中传播了民主共和国思想的种子，促进了中国人民革命斗争的新发展。"

《二十一条》

1914年，第一次世界大战爆发。中国提出德国直接将山东权益交还被拒，于是决定保持中立。当时美国的注意力已转移至欧洲，而英国则希望日本能成为在其远东的盟友。日本于是在1914年8月对德宣战，出兵占领了德国在中国的势力范围——山东半岛。1915年，日本向中国提出不平等的"二十一条"要求，意欲独占中国的权益。当时袁世凯已经镇压了二次革命，并把《临时约法》修改为大总统一人独大。同时，袁世凯修改《大总统选举法》，显示出他要把总统职位世袭企图。日本政府见机不可失，于是大隈重信内阁议定不平等的《二十一条》，起初遭到反对，但经过申辩，得到元老的谅解。

1915年1月18日，日本驻华公使日置益晋见袁世凯，直接提出二十一条要求的文件，并要求袁政府"绝对保密，尽速答复"。1月至4月，袁世凯一面命外交部同日本谈判，一方面

将军拔剑南天起
——护国英雄蔡锷

暗中逐步泄露内容，希望获得英美支持，抗衡日本。中国的谈判代表多次拒绝要求中的部分内容，迫使日本作出让步，中国国内亦出现反日情绪。日本则以武力威胁中国。至5月7日，日本政府向中国发出最后通牒，限令于9日前答复。最终袁世凯政府在5月9日晚上11时接受《二十一条》中一号至四号的要求，并于5月25日完成签字。5月9日被全国教育联合会定为国耻日，称为"五九国耻"。

　　《二十一条》要求严重损害了中国的主权，

本大総統商特派金権委員與日本金権委員在北京議打開於山東省之條約及關於南満洲及東部内蒙古之條約業經両金権委員於民國四年五月二十五日彼此簽字盖印本大総統親加核閱特于批准並署名用璽以昭信守

袁世凱

一日

國務卿 徐世昌

袁世凯

袁世凯不敢立即表示接受。消息一经传开，反日舆论沸腾。欧美列强对日本损害其在华的侵略权益一致不满，纷纷给予抨击。正式谈判于1915年2月2日开始。日本以支持袁世凯称帝引诱于前，以武力威胁于后，企图使袁世凯政府全盘接受。中国人民反日爱国斗争日趋高涨，日本见事态严重，便一面宣布第五项为希望条件，属于劝告性质；一面提出新案，内容与原要求一号至四项基本相同，仅将若干条文改用换文方式。5月7日日本发出最后通牒，限48小时内应允。

将军拔剑南天起
——护国英雄蔡锷

　　袁世凯指望欧美列强干涉落空，又怕得罪日本，皇帝做不成，便以中国无力抵御外侮为由，于5月9日递交复文，表示除第五项各条容日后协商外，全部接受日本的要求。5月25日在北京签订了所谓《中日条约》和《换文》。

　　《二十一条》是日本帝国主义以吞并中国为目的而强加于中国的单方面"条约"，袁世凯政府事后也不得不声明此项条约是由于日本最后通牒而被迫同意的。此后历届中国政府均未承认其为有效条约。

《二十一条》谈判签约现场

《新青年》杂志

辛亥革命后，袁世凯在进行帝制复辟活动的同时，还大力提倡尊孔读经。他刚登上总统宝座，就大搞尊孔祭天。1913年6月亲自发表《尊孔令》，鼓吹"孔学博大"。1914年又发布《祭圣告令》，通告全国举行"祀孔典礼"。为支持袁世凯帝制复辟活动，中外反动派掀起了一股尊孔复古逆流，1912年起，他们在全国各地先后成立了"孔教会""尊孔会""孔道会"等，出版《不忍杂志》和《孔教会杂志》等。康有为还要求定孔教为"国教"，宣扬"有孔教乃有中国，散孔教势无中国矣"。面对这股反动逆流，资产阶级和小资产阶级知识分子，有的和封建势力同流合污，有的偃旗息鼓，许多人则感到彷徨苦闷，找不到出路。以陈独秀、李大钊、鲁迅为代表的激进民主主义者发动了一次反封建的新文化运动，大张旗鼓地宣传资产阶级民主思想，同尊孔复古思想展开了激烈的斗争。这个运动是从1915年9月15日《青年杂志》在上海创刊开始的。陈独秀任主编,李大钊是主要撰稿人并参与编辑工作。

陈独秀早年留学日本,曾加入孙中山领导的同盟会,他仇视当时的封建军阀统治,要求实现真正的民主;他批判了封建社会制度和伦理思想,认为要实现民主制度,必须消灭封建宗法制度和道德规范。李大钊则反对复古尊孔,

要求思想自由，号召青年不要留恋将死的社会，要努力创造青春的中国。该杂志于1916年9月出版第二卷第一期时，迁往北京并改名为《新青年》。进步知识分子团结在《新青年》周围，高举民主和科学两面大旗，从政治观点、学术思想、伦理道德、文学艺术等方面向封建复古势力进行猛烈的冲击。他们集中打击作为维护封建专制统治思想基础的孔子学说，掀起"打倒孔家店"的潮流。他们还主张男女平等，个性解放。1917年起他们又举起"文学革命"的大旗，提倡白话文，反对文言文，提倡新文学，反对旧文学。随着新文化运动的发展，《新青年》实际上成了新文化运动的思想领导中心。

1916年初，袁世凯称帝，在此之前，美国人古德诺发表了《共和与君主论》，杨度发表了《君宪救国论》等文章，散布中国宜于实行君主制、没有君主便要"灭亡"的谬论。《新青年》针对这种情况，发表了陈独秀的《一九一六年》《吾人最后之觉悟》以及李大钊的《民彝与

——将军拔剑南天起

护国英雄蔡锷

1915年9月，陈独秀创办了《青年杂志》（次年改为《新青年》），宣传民主与科学。毛泽东是该杂志的热心读者

政治》《青春》等主要文章，揭露了君主专制的危害。

《新青年》1918年1月出版第四卷第一号，改用白话文，采用新式标点符号，刊登一些新诗，这对革命思想的传播和文学创作的发展，起了重要的作用。特别是伟大的文学家、思想家和革命家鲁迅，1918年5月在《新青年》上发表了中国现代文学史上第一篇白话小说《狂人日记》，对旧礼教、旧道德进行了无情的鞭挞，指出隐藏在封建仁义道德后面的全是"吃人"二字，那些吃人的人"话中全是毒，笑中全是刀"，中国两千多年封建统治的历史就是这吃人的历史，宣告"将来容不得吃人的人，活在世上"。这篇小说奠定了新文化运动的基石。在《新青年》的影响下，一些进步刊物改用白话文。这又影响到全国用文言文的报纸，开始出现用白话文的副刊，随后短评、通讯、社论也都采用白话文和新式标点。所有这些文学改革，使全国报纸面貌为之一新。1917年爆发了俄国十月社会主义革命，震动了全世界，也照亮了中国革命的道路。《新青年》应社会形势发展的需要，以大量篇幅发表了宣传俄国十月革命的经验和社会主义理论文章。1918年11月，《新青年》发表了李大钊写的《庶民的胜利》《布尔什维主义的胜利》两篇著名文章，热烈欢呼俄国社会主义革命的胜利。

在陈独秀、李大钊等人的领导下，提倡科

——护国英雄蔡锷

将军拔剑南天起

学，反对迷信，提倡民主，反对独裁，提倡白话文，反对文言文，宣传西方的进步文化。此后，又传播社会主义思想，反映了新型的革命阶级的要求，在社会上产生了巨大的反响。

这一运动的深入发展，吸引了许多年轻人，特别是青年学生集合在反帝反封建的旗帜下，为迎接一场彻底的反帝反封建的政治斗争做好了思想准备。

新文化运动

新文化运动是一次前所未有的思想解放和启蒙运动，为马克思主义在中国的传播开辟了道路。"五四"以后的新文化运动，更是成为宣传马克思主义及各种社会主义流派的思想运动，使旧民主主义的文化运动，转变为由马克思主义理论指导的新民主主义的文化运动。"五四"以后，全国各地的进步报刊和进步社团，如雨后春笋，脱颖而出。"五四"以前，倡导新文化

新文化运动纪念馆展厅

——护国英雄蔡锷

将军拔剑南天起

新文化运动主要人物陈独秀塑像

的刊物，只有《新青年》《每周评论》和《新潮》等少数几种。"五四"后的一年里，全国新出版的期刊猛增至四百余种。其中影响较大的有：上海的《星期评论》《建设》《民国日报》副刊《觉悟》；北京的《少年中国》《曙光》《新社会》；天津的《天津学生联合会报》《觉悟》；湖南的《湘江评论》；成都的《星期日》；武汉的《武汉星期评论》；浙江的《浙江新潮》，等等。"五四"前的进步社团较著名的有：北京的"少年中国学会""国民杂志社""新潮社""北京大学平民教育讲演团"；湖南的"新民学会"；湖北的"互助社"等。"五四"以后一年中出现

新文化运动纪念馆

李大钊

的进步社团，约有三四百个，较著名的有：北京的"工读互助团"；湖南的"文化书社""俄罗斯研究会"；湖北的"利群书社""共存社"；广东的"新学生社"；天津的"觉悟社"，以及各地建立的马克思学说研究会。这些报刊和社团的活动，传播了马克思主义，促进了马克思主义同中国工人运动的结合，为中国共产党的成立创造了条件。

举旗讨伐袁世凯

到达天津后，蔡锷马上和梁启超作了最后的密谈，最后决定，梁启超设法去广东、广西，蔡锷由日本绕道回云南，同时派王伯群先去云南，汤觉顿去广东，做起义的具体准备工作。蔡锷还与孙中山、黄兴等革命党人取得了联系。

一切准备妥当之后，蔡锷便和戴戡一起，进行了精心的化装，穿上日本和服，改名换姓，于1915年12月初搭乘日本商人的山东丸号轮船，拟东渡日本。在临上船时，给留在北京的周钟岳发了一份电报，让他替写一个请假条，大意是说，因身体不好，不能胜任工作，请准假三个月，换个地方治疗休养。袁世凯接到请假报告，知道事情不妙，急忙发电催促蔡锷赶快返回北京，但他哪里知道，此时的蔡锷已经离开天津，东渡日本，海阔凭鱼跃，天高任鸟飞了。

为了防止袁世凯狗急跳墙，追到日本加害蔡锷，到日本门司港后，蔡锷就和到码头迎接他的革命党人石陶钧换穿了衣服，自己坐小船秘密地去了横滨，而让石陶钧带着自己的行李去箱根，装作去看病的样子。还有一个细节蔡锷处理得特别好，他事先准备了许多封信，让石陶钧隔几天就从箱根寄一封给北京袁世凯的亲信唐在礼等人，后来当蔡锷已经到达昆明时，这些信件还没有寄完。所以后来当袁世凯最初听到蔡锷已到云南的消息时，根本就不相信，因为从日本箱根发出的蔡锷的信件，笔迹的确是蔡锷的，邮戳也一点儿不错，这也正是蔡锷的高明之处了。

蔡锷把在日本的事情安排妥当后，马上改乘船经上海吴淞口转道去香港，一到香港，恰巧遇到了云南的同事和部下殷承瓛、刘云峰等人，那个亲热劲儿就别提了。

"你们来做什么？"在一番久别重逢的寒暄之后，

蔡锷塑像

蔡锷问。

刘云峰说："我们此次是奉唐将军（唐继尧）之命，前去北京打探政府中大人物的动态。"

"那你们就不用去了。第一，我已给你们打探好了，冯国璋和段祺瑞对袁世凯称帝的事也不赞成，结果段祺瑞被软禁了，连会客都不行，冯国璋在南京连话都不敢多说，你们去也没有意义了。第二，现在你们去无疑是自投罗网，袁世凯正想抓你们，我也是费尽了心思和周折才逃出来的，为什么还要冒这个险呢？"

一席话说得他们连连点头，有人问蔡锷："那我们该怎么办呢？"

"很简单，咱们一起回云南，准备跟袁贼大干一场！"蔡锷坚决地说。

这事就这么商定了，殷承瓛和刘云峰马上给云南的唐继尧发了一封密电，告诉他蔡锷已到香港并马上要返回云南。

唐继尧在收到密电的同时，得到了一个对蔡锷此行十分不利的消息。原来，袁世凯怕蔡锷回云南，早就给云南开远县长张一鲲等人下了命令，让他们密切注意蔡锷的行动，如果蔡锷进入云南地界，一定要沿铁路线把蔡锷设法杀掉。

为了保证蔡锷的安全，唐继尧作了精心的安排，派自己的亲弟弟——警卫团长唐继禹亲自率领两个警卫连和一个宪兵分队的兵力，乘坐云南到越南的火车，去迎接蔡锷。

这时张一鲲等人也探听到蔡锷已经到了越南的河内市，便密谋了杀害蔡锷的计划：如果在蔡锷进入云南后袭击他乘坐的火车不能得逞，就在碧色寨和阿迷（开远）两个车站，假装设宴欢迎蔡锷，然后把毒药放在白兰地酒里，把蔡锷毒死。如果还不行，就随机应变，设法把他杀掉。

唐继禹到越南老街，把蔡锷接到河口，然后乘专车出发，踏上了去昆明的惊险莫测的旅程。

一天，专车到达碧色寨车站，张一鲲的同伙周沆早已在这里设下了数十桌宴席，并且显出十分谦恭的样子，亲自到火车站迎接蔡锷，热情异常地邀请蔡锷下车赴宴。蔡锷在车里已经看见了周沆及他身后站着的几个凶神恶煞般的大汉，一眼便看出其中一定有阴谋，于是对时刻不离他左右的唐继禹说："这个姓周的肯定不怀好意，我不能下车，你设法推辞一下，咱们抓紧离开这里。"

于是唐继禹便打发人下车向周沆递上了自己的名片，并对周沆说蔡将军身体有病，不能下车，多谢

再造共和

千秋漂然　　功昭日月

"好意"，马上就要发车。

　　周沆一看自己的阴谋已被识破，就狗急跳墙地给身后的几十个大汉使了个眼色，要他们下手。这些人得到了命令，便一拥而上，声称是乡下代表，要见蔡锷，想要动硬的，可唐继禹早已布置好了，他带的两个警卫连和一个宪兵分队平时训练有素，并且都是百里挑一、以一当十的能打善战的士兵。没等这群大汉靠近专车，无数枪口早已对准了这帮亡命徒的脑袋。周沆等人一见这阵势，早就吓傻了，有几个人扑通一声就跪下了，磕头如捣蒜，连喊："饶命！饶命!"

　　周沆还算镇定，但也说不出一句完整的话了："别——别误会，我也——也是一番好意，既——既然蔡将军不肯赏脸，那就请自——自便……"说完头也不回地带人跑了。

到了开远车站，张一鲲也和周沆一样，想以设宴为名，杀害蔡锷，但同样没能得逞。专车终于在1915年12月19日到达昆明。

张一鲲和周沆知道谋害蔡锷的事情已经败露，就畏罪逃跑了。当唐继尧逮捕二人的命令下达到河口时，周沆已去了香港，张一鲲为了等他的爱妾张素娥，还逗留在越南的老街。第二天，张素娥来到河口打算出境，被抓住，让她请保人才能放她，如果请不来保人，可以通知张一鲲县长到河口来证明是他的眷属，就可由他领过河口。其实这是一个十分明显的圈套，可张一鲲色迷心窍，竟冒险前来当证明，被轻而易举地抓获，并押解至昆明，于1916年3月18日被枪毙，得到了应有的下场。

蔡锷来到云南，对于这里已经酝酿的反袁斗争来说，真像是往干柴里扔了一把火，燃烧起来。他一到昆明，就连续召开了5次秘密会议，研究制定讨袁计划。在一切准备工作完成之后，蔡锷、唐继尧等人连续给袁世凯发出几次通牒，让袁世凯废除帝制，让他本人下台，可袁世凯根本就不加理睬，加上全国各地反袁浪潮一浪高过一浪，1915年12月25日，唐继尧、蔡锷、戴戡、任可澄等人联名发出通电，正式宣布云南独立，讨袁运动开始。

消息传出，昆明全城欢声雷动，并举行了全市各界人民的大游行，"打倒袁世凯""拥护共和""护国革命军万岁"的口号声响彻云霄，这次盛况空前的大游行一直持续到深夜。

宣布起义的同时，讨袁护国军已经形成，蔡锷为护国第一军总司令，李烈钧为护国第二军总司令，唐继尧为护国第三军总司令。另外，组织挺进军，由黄毓成任司令。还制定了出兵计划：第一军进攻四川，第二军进入贵州，第三军留守云南，挺进军机动灵活，根据需要行动。反袁护国战争正式爆发。

蔡锷当时掌握着四个梯团、八个支队、一个骑兵连、一个宪兵中队和一个警察中队，总共七千人的兵力。武器装备情况是：除炮兵大队有德国克虏伯厂制造的退山炮二三十门以外，第一、第二两个支队各有退山炮四门，重机枪四挺，配备齐全，较为精锐。第三支队的武器稍差一些，其他支队的武器就差了。实力虽然不是很雄厚，但士气高，指挥出色，并且得到人民群众的大力支持，所以战斗力还是很强的。

蔡锷当时的身体状况已经相当差，但他还是坚持上前线，挑起了护国战争中最重的一副担子。

朱德同志当时以支队长的身份参加了护国战争。

当他后来回忆起蔡锷将军为护国战争而忘我操劳的情景时，有这样一个动人的场面：

朱德当时驻扎在云南南部的蒙自，接到蔡锷的亲笔信后就和同事们赶回昆明见蔡锷。朱德到昆明以后，立即赶往蔡锷的司令部，这时蔡锷和参谋们正在开会。朱德回忆说："我大吃一惊，说不出话来。他瘦得像鬼，两颊下陷，整个脸上只有两眼还闪闪发光。肺结核正威胁着他的生命。那时他的声音已很微弱，我们必须很留心才能听得清。当他向我走来的时候，我低头流泪，一句话也说不出来。他虽然危在旦夕，思想却一如既往，锋利得像把宝剑。我们坐下来，他说明了全国各地的起义计划，并且说云南必须挑起重担，等待其他各省共和派力量组织起来。三天之后，我们就要出兵四川，袁也有一些最精锐的部队驻扎在那里……"等蔡锷说完，朱德关心地问道："可是你不能带队去啊！你有病，要送命的。"

蔡锷望望他又把目光移到别处，说道："别无办法。反正我的日子也不多了，我要把全部生命献给民国。"

蔡锷拖着病体，不怕牺牲，不畏艰难，冒着生命危险，走上武装讨袁的最前线。

1916年元旦，护国军在昆明誓师，发布讨伐袁世凯的檄文，历数袁世凯"叛国称帝"等19大罪状，誓师大会召开得隆重而热烈，这一天整个昆明市比过节还要热闹几倍，各家店铺都张灯结彩，悬挂民国国旗，并且在门口张贴了红纸金字的"永护共和大纪念"的字样，真是老少欢呼，一片沸腾。各界人民又结队上街游行，高呼"打倒卖国贼袁世凯""拥护民主共和"等口号，老百姓踊跃捐款支援护国军，报名参军的络绎不绝，几天内就有五六千人参加了护国军。

誓师完毕后，蔡锷亲自率领赵又新、顾品珍两个梯团出永宁，直取泸州，作为中路军进攻袁世凯驻扎在那里的最精锐部队。而提前出发的第一梯团刘云峰所率领的邓泰中、杨蓁两个支队，作为左翼，出昭通，直奔叙府。右路军则由戴戡任总司令，率领熊其勋的一个支队和殷承瓛的一个支队，进攻綦江，直逼重庆。三路大军像三把利剑直指袁军。

袁世凯得到这一消息，异常惊慌，竟然在国务会议上语无伦次地抱怨起支持他称帝的人们来了："云南自称政府，并且与英法领事都打招呼了，脱离了中央，这都是你们让我称帝的结果。我本来就不想当皇帝，都是你们逼我干的……"

在场的人听了他的话，都觉得又好气又好笑气的是袁世凯逼他们同意他称帝做皇上，现在责任倒都推

蔡锷题词

给他们了；好笑的是袁世凯惊慌的丑态，大家既不敢反驳，又不敢笑出声来，只能低头保持沉默。

不过，老奸巨猾的袁世凯很快镇静下来，露出了狰狞面目。他抓紧调兵遣将，在新华宫平泽园设立"征滇（云南）临时军务处"，亲自主持对护国军的军事行动，并开始调兵遣将，也拟定了三路出兵计划：第一路，由第六师师长马继曾为司令，指挥湘西、河南、奉天（辽宁）、安徽等处二万六千多人的兵力，从湘西进入贵州，从侧翼进攻云南。第二路，由张敬尧为司令，指挥四万五千人作为主力，先集结在重庆，然后进攻泸州，从泸州进入云南。这两路由曹锟为总司令。第三路，由广惠镇守使龙观光为云南查办使，率领粤军一个师，从广西进攻云南，抄袭护国军的后路。

从以上部署可以看出，四川泸州是敌人的主攻方向，其他为助攻，只要打垮这路敌军，其他两路不难对付。为此，蔡锷也主张把四川作为护国军的主攻方向，而把攻击的重点放在泸州。

于是，一场恶战就在以泸州为中心的四川南部爆发了。

要想夺取泸州，就必须先拿下纳溪，而棉花坡又是纳溪通往泸州的咽喉，所以棉花坡争夺战成为护国战争中至关重要的一场战役，战斗的激烈程度可想而知。在这场战役中，护国军由朱德指挥，袁世凯的军队仗着弹药充足，昼夜不停地向护国军阵地猛烈轰击，把阵地上的松树全部炸倒，打落的松针有一寸厚。护国军十分英勇，士兵打枪留下的子弹壳在地上堆积了一寸多厚，这场战役是护国战争中给北洋军杀伤最大的一次。

由于护国军的粮食、弹药供应不足，伤亡也较大，纳溪的战斗进入胶着状态，没有太大的进展。

以棉花坡为中心的纳溪之战，异常艰苦，一个多月来，蔡锷虽然身患重病，但始终坚持战斗，留下了许多催人泪下，感人至深的动人故事。1916年2月

将军拔剑南天起

护国英雄蔡锷

23日，他不顾自己身体虚弱，带病从设在永宁的司令部赶到纳溪前线，直接指挥战斗士兵同甘共苦，吃的是一半米一半沙子的难以下咽的饭，每天休息不到三个小时，和罗佩金等将领日夜筹划，准备反攻。反攻前的一天，他身穿士兵服，巡视战场。顾品珍、赵又新两个梯团长及几个卫兵陪同他一起去。下午，他们来到了一处两边高地是敌我双方阵地，中间是水田的地方观察地形，蔡锷等人沿着田埂过水田，顾品珍在前面，赵又新在后面，蔡锷在中间。走着走着，突然被阵地上的敌人发现，敌人用机枪向他们扫射，子弹像雨点一样飞过来。顾品珍身体轻捷，和两个卫兵飞快地跑进安全地带，赵又新身体肥胖，就和几个卫兵按原路退回去了。蔡锷和其余的卫兵滚入水田里隐蔽，并一直躲到天黑，才爬上田埂，回到纳溪指挥部。

正当蔡锷指挥护国军与袁世凯的军队浴血奋战，处境较为困难的时候，梁启超为了减轻护国军的压力，积极策动广西起义。1916年3月15日，陆荣廷正式宣布广西独立，并任两广护国军总司令，任命梁启超为总参谋，开始出兵讨袁。

广西独立，对正在四川前线艰苦作战的蔡锷及护国军将士是一个巨大的鼓舞。经过一番休整，蔡锷抓住了这个有利时机，在其他两路护国军的配合下，于1916年3月17日兵分三路发动了总攻击。在蔡锷的卓越指挥下，护国军把在数量上远远超过自己的袁军打得屁滚尿流，护国军节节胜利，袁世凯妄想用武力镇压革命力量的美梦彻底破产。虽然后来他又耍起了维护他统治地位的种种阴谋手段，但都被蔡锷识破，仍不放弃用武力逼袁下台。一贯见风使舵的英、法、日等列强，一看袁世凯已没有什么利用价值，也取消了对他的支持。就连袁世凯一贯视为心腹的爪牙们看他气数已尽，也纷纷另寻出路，袁世凯在一片众叛亲离的声讨中，大病不起。1916年6月6日上午10点，袁世凯去世。袁世凯一死，以反对袁世凯称帝为目的的

护国岩

将军拔剑南天起
——护国英雄蔡锷

护国战争也就在无形中结束了。

战争结束后，蔡锷的病情迅速恶化了。1916年6月24日，北京政府发布命令，给他加了益武将军的头衔，督办四川的军务。

7月1日，蔡锷到达泸州，梁启超特电邀在重庆的德籍医生阿斯米提前到泸州为他治病。但阿斯米对蔡锷的病情作了错误的诊断，强行使用驱梅疗法，给蔡锷打了一针洒佛散，这一针打进去，蔡锷病情急剧恶化，高烧持续39℃，肿痛更加厉害，饮食难进，体力严重不支，连走路的力气也没有了。

就是在这种情况下，7月29日，蔡锷还是坚持到成都视察。当他来到成都时，全城悬挂国旗，各界人士出动欢迎，全城人民都想一睹大名鼎鼎的蔡锷将军的风采。他来到成都10天，就大刀阔斧地治理四川的军队，统一财政收支，制订军队、官吏奖罚条例等，表现出卓越的领导才能，深受四川人民的爱戴。

蔡锷的病情日益恶化，实在无法正常工作，于是就电告北京，要求辞职去日本治病。1916年8月9日，蔡锷带领参谋长蒋百里、代理副官长李华英等离开成都。四川人民舍不得让他走，有的甚至烧着香，拦着路不让他走。

到日本后，蔡锷住进福冈大学医院治疗，但由于病情已经太重，至11月8日上午4时，不幸病逝，年仅34岁。

　　他的逝世引起了全国人民的莫大悲痛，北京政府慑于舆论的压力追赠蔡锷为上将军，并于1917年4月12日在长沙为他举行了国葬典礼。孙中山在为蔡锷送的挽联上给他很高评价：

　　　　　　平生慷慨班都护，
　　　　　　万里间关马伏波。

　　蔡锷是中国近代史上杰出的军事家、爱国主义者。在他短暂的一生中主要做了两件大事，即参与领导云南重九起义和反袁护国战争，都属于旧民主主义革命的范畴，在当时的历史条件下是进步的，其功绩也是第一位的。

　　蔡锷在辛亥革命前，追随过以梁启超为代表的君主立宪派，然而辛亥革命一爆发，他毅然投身于革命洪流之中，领导"重九"起义，对武昌起义积极响应。辛亥革命后他曾对袁世凯抱有很大幻想，但在袁世凯出卖国家利益和恢复帝制的阴谋暴露之后，他又毅然举起了武装讨袁的旗帜，最后因疆场劳顿，积劳成疾而病逝，为中国人民的进步事业做出了重要贡献。虽然他的一生只活了三十四个春秋，但是如金子般光彩照人，实现了他自己的人生价值。其杰出的军事思想、伟大的爱国主义精神及为政清廉崇、尚实干的工作作风，都是值得我们学习的宝贵财富。

蔡锷墓

"国葬第一人"

1917 年 4 月 12 日，蔡公魂归故里，国民政府在长沙岳麓山为他举行国葬，蔡锷也成为民国历史上的"国葬第一人"。

蔡锷之丧，全国喑祭，其挽联均有可传者，摘抄数则挽联于下：

梁启超：知所恶有甚于死者；非夫人之恸而谁为？

康有为：微君之躬，今为洪宪之世矣；思子之故，怕闻鼙鼓之声来！

唐继尧：所至以整军保民为要图，众论之归，大将慈祥曹武惠；平时惟读书致用相敦勖，公言不死，秀才忧乐范希文。

丁怀瑾：成不居首功，败不作亡命，誓师二语，何等光明，故一旅突兴再造共和；下无逞意见，上无争利权，遗书数言，如斯深切，问举国朝野奚慰英灵？

杨度的一联最引人注目：

魂魄异乡归，于今豪杰为神，万里河山皆雨泣；

东南民力尽，太息疮痍满目，当时成败已沧桑。

杨度是楹联圣手，他一生可传的挽联甚多，可是这副挽联并不高明，这是因为两人政见、立场相对立的缘故，所以他的下联可说完全是对蔡的成就唱反调。

蔡锷纪念馆

护国运动

袁世凯三路攻滇计划失败，加上在广东、山东等地袁军亦遭到打击，外交上又连受挫折，被迫于 1916 年 3 月 22 日宣布撤销帝制，但仍居大总统位。为彻底推翻袁的独裁统治，5 月 8 日，已独立的滇、黔、桂、粤等在广东肇庆成立对抗北洋政府的军务院。不久，陕西、四川、湖南等省相继宣布独立。袁益陷窘境，6 月 6 日病死。

蔡锷等护国军将领依靠人民的支持和部队旺盛的士气，适时变更部署，重视瓦解敌军，并采用佯动、袭击、割裂等手段，使护国战争赢得胜利，推翻了洪

《云南护国简史》

宪帝制。但代之而起的仍是直、皖、奉等北洋集团的军阀统治。

护国运动是辛亥革命的继续，打倒了窃国大盗袁世凯，制止封建帝制死灰复燃，再造了共和，挽救了国家，巩固了辛亥革命的成果，它的功绩永载史册。1916年12月，国会决定，以每年12月25日为护国运动纪念日。

蔡锷墓

将军拔剑南天起

——护国英雄蔡锷

中华魂·百部爱国故事丛书
提 要

《誓与禁烟相始终——民族英雄林则徐》

林则徐严禁鸦片，坚决抵抗西方列强的侵略，坚持维护国家主权和民族利益。他是中国近代历史上第一位睁眼看世界的人，是抗击帝国主义殖民侵略的第一人，是中华民族抵御外侮过程中伟大的民族英雄。

《血洒虎门御敌寇——抗英将军关天培》

民族英雄关天培，在第一次鸦片战争中为了抗击英国侵略者的入侵而血洒虎门，为国捐躯，谱写了一曲可歌可泣的英雄赞歌。关天培用他的生命，书写了中国人民反抗外侮的历史。

《威震镇海靖节魂——抗敌英雄裕谦》

在第一次鸦片战争期间的众多牺牲者中，有一位官阶最高，他就是两江总督裕谦。裕谦与外国侵略者斗争立场坚定，与国内妥协派、投降派斗争态度坚决。裕谦督战镇海，与英国侵略军浴血奋战，临危不惧，以身报国，浩气长存。

《斩邪留正解民悬——太平天国领袖洪秀全》

农民出身的洪秀全，从失意文人到起义领袖，经历了长期的思想演变过程，在外敌入侵、清朝政府腐朽的历史环境之下，顺应时代的潮流，成长为一位非凡的历史英雄人物，建立了与清朝政府相抗衡的农民政权——太平天国。

《仰承汉唐　荟萃中外——近代数学家李善兰》

李善兰是我国19世纪重要的科学家之一，在数学、天文学、力学等方面都有重大建树。他继承了我国古代数学的成就，又以极大的热情传播西方科学文化，"仰承汉唐，荟萃中外"，把自己的一生献给了科学事业。

《严谨治学　勇于探索——近代著名数学家华蘅芳》

华蘅芳，中国近代数学家之一。其精通中国古算学，并熟练掌握西方近代数学，是中国验证抛物线并著书立说的参与者。为了证明"外国有的，中国也能造"而鞠躬尽瘁，在引进西方科学技术、传播科学知识上贡献卓著。

《折冲樽俎护山河——近代著名外交家曾纪泽》

曾纪泽是中国近代史上著名的爱国外交家，在中俄伊犁交涉事件中，他秉承抵抗列强、保卫国家的坚定意志，利用外交手段全力同沙俄抗争，捍卫了国家主权、民族尊严，收回了祖国的领土，在近代中国外交史上留下了光辉的一页。

《甲午海战留英名——民族英雄邓世昌》

邓世昌，北洋水师名将。本书以邓世昌的成长过程为线索，以代表性的历史故事为主要内容，还原真实的历史事件，突出鲜明的人物性格。邓世昌因在中日甲午海战中突出的英雄气概而名垂史册，书写了伟大的爱国主义篇章。

《誓与舰队共存亡——北洋水师提督丁汝昌》

丁汝昌处在清朝政府的腐朽和李鸿章的专断下，难以施展爱国的抱负，壮志未酬，愤恨而终。但丁汝昌为建立近代海军作出的巨大贡献，带领北洋舰队爱国官兵勇抗强敌的英雄事迹，将永远为后代所传颂。

《镇南关上凯歌扬——抗法老英雄冯子材》

1885年中法战争中，年逾古稀的冯子材为抵御外国侵略，勇赴国

将军拔剑南天起

难，大败法军于镇南关，并乘胜追击，接连收复文渊、谅山等地，从根本上扭转了中法战争的局面，成为近代民族英雄的杰出代表。

《屡败法军逞英豪——黑旗军将领刘永福》

刘永福是黑旗军的创建者，是农民出身的杰出军事家、政治活动家。在19世纪发生的援越抗法、中法战争中，他率部与帝国主义侵略者进行了殊死的战斗，建立了卓越的功勋，成为我国近代史上著名的民族英雄，为后世所景仰。

《矢志变法强国家——戊戌变法领袖康有为》

康有为是清末民初最有影响力的思想家之一。他领导了中国知识界的启蒙运动，掀起了一场自上而下的政体改革。他最早在中国提出了立宪政体和具体的宪政方案，主张在坚持儒家传统和帝制的前提下，学习西方经验，他的进步思想对近代中国具有深远的影响。

《开民智以报国　普新知而图强——戊戌变法思想家梁启超》

梁启超，中国近代史上著名的政治活动家、启蒙思想家、史学家、文学家，戊戌变法领袖之一。本书以百日维新思想家梁启超的成长过程为线索，以代表性的历史故事为主要内容，还原真实的历史事件，突出鲜明的人物性格。

《我自横刀向天笑——维新志士谭嗣同》

谭嗣同在民族危机的严重时刻，投身改革救中国的洪流。为了带给祖国一个光明的未来，紧要关头，他挺身而出，用自己的鲜血激励后人，把宝贵的生命献给了变法事业。

《睡乡敢遣警世钟——用生命警策国人的陈天华》

陈天华是民主革命的活动家和宣传家。他写的《猛回头》《警世钟》等书，起到了革命启蒙的重大作用。为了激发留日学生的爱国情怀，他不惜投海自杀，演出了近代史上感人至深的一幕，给后人留下了难忘的印象。

《革命军中马前卒——民主斗士邹容》

革命乃"至尊极高，独一无二，伟大绝伦之一目的"；它是"天演之公例，世界之公理，顺乎天而应乎人"的伟大行动。因此，必须"仗义群兴革命军"。他激情高呼："革命独子万岁！中华共和国万岁！"这就是《革命军》的作者，中国近代著名资产阶级革命宣传家邹容。

《休言女子非英物——鉴湖女侠秋瑾》

为民族解放和妇女解放而英勇斗争的秋瑾，冲破封建礼教的思想牢笼，打碎封建精神枷锁，崇仰真理，追求光明，主张共和，坚持男女平等，最终献出了自己年轻的生命。

《血溅校场　杀身成仁——民主斗士徐锡麟》

本书讲述了反清志士徐锡麟弃文从武、投身反清革命事业，最终被清政府杀害的故事。出于对国家的热爱，徐锡麟献出自己的生命，他的事迹将永远激励后人深切缅怀这位民主革命的先驱。

《生可死耳　我志长存——献身民主的禹之谟》

禹之谟，民主革命党人，同盟会会员，近代资产阶级革命家、实业家。1886年，20岁的禹之谟"提三尺剑，挟一卷书"游历四方，研究西方社会政治学说，忧国忧民之心日趋强烈。戊戌变法失败，他丢掉改良幻想，倡革命救亡之说，走上民主革命道路。

《物竞天择　适者生存——资产阶级启蒙思想家严复》

严复是中国近代著名的启蒙思想家、翻译家和教育家。他长期从事教育和翻译事业，为近代中国人才培养和思想启蒙做出了重要贡献，同时他也为中国的翻译事业和中西思想文化交流做出了重要贡献。

《辛亥革命急先锋——资产阶级革命家黄兴》

黄兴，清末民初资产阶级革命家，中华民国开国元勋。黄兴在武昌首义及辛亥革命时期的爱国表现，与孙中山闻名于当时，常被时人以"孙黄"并称。本书以资产阶级革命活动实干家黄兴的成长过程为线索，歌颂了先辈伟大的爱国主义精神。

《矢志革命　百折不回——近代民主革命家廖仲恺》

廖仲恺追随孙中山踏上了创立民国与捍卫共和制的旧民主主义革命

之路；在新民主主义革命时期，他为建立、巩固首次国共合作和实施三大政策，英勇奋斗，为国殉职，洒尽了一腔热血。

《将军拔剑南天起——护国英雄蔡锷》

蔡锷是中国近代史上的杰出军事家、爱国者。他的一生短暂而伟大。辛亥革命爆发，他毅然投身于革命洪流之中，领导云南重九起义，对武昌起义积极响应。袁世凯窃国复辟、恢复帝制的阴谋暴露出来以后，他又毅然举起了武装讨袁的旗帜。

《反帝反封建运动——五四青年的爱国故事》

五四运动是一次伟大的反帝反封建的爱国运动；是一个伟大的历史转折点；是中国人民的斗争从挫折走向胜利的一个关节点，它为中国的前进开辟了一条全新的道路，拉开了中国新民主主义革命的序幕。

《思想自由 兼容并包——著名教育家蔡元培》

蔡元培是中国近现代著名的民主革命家和教育家，一生经历风雨，却始终信守爱国和民主的政治理念，致力于废除封建主义的教育制度，奠定了我国新式教育制度的基础，为我国教育、文化、科学事业的发展做出了富有开创性的贡献。

《为国家争光 为民族争气——中国铁路之父詹天佑》

詹天佑是我国最早的杰出铁道工程师，因主持建造京张铁路而闻名中外，被誉为"中国铁路之父"。他为祖国的铁路事业贡献了毕生的精力。本书向读者展示了詹天佑热爱祖国、科技兴国的辉煌人生。

《实业救国 衣被天下——轻工之父张謇》

张謇是爱国实业家、教育家。他年轻时中过状元。过了40岁，开始投身工商实业活动中，他的名言是"富民强国之本在于工"。在南通，创办大生丝厂、银行等各种实业。并将创办实业的大部分所得投入教育。他的观点是，教育和实业一样，也是"富强之大本"。

《心向革命 追求光明——平民将军冯玉祥》

冯玉祥将军"是一位从旧军人转变而成的坚定的民主主义战士"。

抗日战争期间，他辗转各地，用实际行动积极抗战。日本战败投降后，他为了断绝美国的援蒋内战，又在美国四处演说，揭露蒋介石统治之黑暗，痛斥美国阴谋分裂中国的不良行为。

《刑场上的婚礼——革命烈士周文雍　陈铁军》

周文雍是广州起义的主要领导人之一。陈铁军出身于华侨商人家庭，却毅然投身革命洪流。1928年1月，两人接受派遣，回到广州假扮夫妻从事革命斗争，却不幸被捕。临刑前，两位烈士将敌人的枪声当作自己婚礼的礼炮，用生命和爱情谱写出一曲千古绝唱。

《星星之火　可以燎原——井冈山斗争的故事》

1927—1929年，毛泽东、朱德等老一辈革命家，在井冈山创建了农村革命根据地，进行了艰苦卓绝的斗争，建立了新型革命武装，点燃了工农武装革命之火，找到了农村包围城市最后夺取政权的中国革命的正确道路。

《新民学会的主要发起人——中国共产党早期革命家蔡和森》

蔡和森青年时期曾与毛泽东等人一起组织进步团体新民学会，参加五四运动，并在赴法国勤工俭学时研读大量马克思主义著作，回国后以满腔热忱投身革命事业，成为中国共产党早期重要的理论家和宣传家。

《威震黄浦江畔　高奏抗日壮歌——一·二八淞沪抗战》

面对日本侵略者的挑衅，十九路军在蒋光鼐、蔡廷锴的带领下，高举义旗，奋力一搏。一·二八淞沪抗战，是中国军人捍卫军人荣誉和祖国尊严所发出的吼声，谱写了一曲抗击日军侵略的英雄壮歌。

《将军恨不抗日死——慷慨就义的吉鸿昌》

在国难深重的20世纪30年代，吉鸿昌将军因拒绝执行国民党指示，坚决不打内战，被迫携眷出国"考察"。回国后，他加入中国共产党，组织了民众抗日同盟军，英勇打击日本侵略者，后于1934年11月被国民党反动派杀害。

将军拔剑南天起

——护国英雄蔡锷

《献身革命　甘于清贫——梅岭忠魂方志敏》

大革命失败后，方志敏凭着"两条半步枪"起家，身经百战，创建了赣东北革命根据地和红十军。本书真实记录了方志敏投身于革命、领导红军和敌人进行艰苦卓绝斗争的经历，歌颂了烈士贫贱不移、威武不屈、献身革命的高尚品质。

《奏响中华最强音——人民音乐家聂耳》

聂耳在他有限的生命中创作了数十首革命歌曲，在抗日救亡运动中，聂耳的这些歌曲产生了广泛深远的影响。他的音乐创作为中国无产阶级革命音乐的发展指明了方向，树立了榜样。

《横眉冷对千夫指——中国文化革命主将鲁迅》

鲁迅不但是伟大的文学家，而且是伟大的思想家和伟大的革命家。在那风雨如晦的黑暗年代里，他以笔为投枪，同一切帝国主义和反动派进行了顽强的战斗，为中国人民树立了一个不朽的丰碑。他是新文化战线上的一面光辉旗帜，是我们伟大民族的灵魂。

《铁流两万五千里——红军长征的故事》

红军长征是人类历史上的一次伟大的壮举。第五次反"围剿"失败后，中国工农红军的三大主力在极端艰难的条件下，突破国民党军队的围追堵截，进行了史无前例的战略大转移，总行程达两万五千里以上。途中发生了许多动人故事，至今令人难以忘怀。

《荣辱不移革命志——创建陕北红军的刘志丹》

刘志丹是杰出的无产阶级革命家、军事家，西北红军和西北革命根据地的主要创始人之一。他一生热爱人民，追求真理，英勇善战，百折不挠，艰苦奋斗，忠心赤胆，为创建红军和革命根据地、为中国人民的解放事业建立了不可磨灭的功勋。

《英名永存北平城——爱国将领佟麟阁　赵登禹》

1937年7月28日，日军向北平郊区发动进攻。第二十九军副军长佟麟阁奉命在南苑率部与日军苦战，腿部受伤，头部被敌机炸伤，壮烈殉国。第一三二师师长赵登禹指挥部队顽强抵抗日军，右臂中弹负伤，仍继续作战。后在转移途中遭日军截击而牺牲。

《八百壮士　四行仓库铸军魂——谢晋元和他的战友们》

八一三抗战，中国军人以血肉之躯揭开全面抗战的帷幕。这是一场血战，是中国军人不屈不挠的英雄诗篇，其中的八百壮士守四行，成为这首英雄颂歌中最动人、最凄美的音符。一曲四行保卫战，铸就了不屈的军魂。

《八女投江　气贯长虹——八位抗联女战士》

抗日战争时期，以冷云为首的东北抗日联军8名女战士，为捍卫民族尊严，面对凶残的日寇，镇定自若，宁死不屈，投江殉国，表现了中华民族同敌人血战到底的英雄气概。她们的光辉形象，激励着千千万万的后来人。

《艰苦抗战　威震敌胆——著名抗日英雄杨靖宇》

杨靖宇将军是我国著名的抗日民族英雄。曾先后担任磐石游击队政治委员、东北抗日联军第一军军长兼政委、抗日联军总司令等职。领导军民对日寇坚持了长达9个年头的艰苦卓绝的斗争，最终以身殉国。

《死也不当亡国奴——镜泊抗日英雄陈翰章》

陈翰章，从1932年8月投笔从戎，直到1940年12月8日为抗击日本侵略者，战死在镜泊湖畔。他在抗日疆场上奋战了九年，他那可歌可泣的英雄事迹将为人们永世传颂。

《名将殉国　气壮山河——抗日将军张自忠》

著名抗日将领、民族英雄张自忠，生于忧患的时代，抱有"宁为百夫长，胜作一书生"的志向，经历过失败与低谷，最终成就了慷慨人生。本书主要以人物活动为主，勾画出一个真正的"民族魂"鲜活的人生，会带给读者振奋的力量。

《宁死不辱战士名——狼牙山五壮士》

1941年日寇在河北易县"扫荡"。为掩护群众和主力部队撤退，五

将军拔剑南天起

位八路军战士毅然把敌人引上了狼牙山棋盘坨峰顶绝路。弹尽粮绝、无路可退，五位英雄纵身跳下了万丈悬崖，用生命和鲜血谱写出一曲惊天地泣鬼神的壮举。

《太行浩气传千古——抗日名将左权》

左权，中国工农红军和八路军高级指挥员，著名军事家。是八路军在抗日战场上牺牲的最高指挥员。名将阵亡，太行山为之垂首，全党为之悲痛。周恩来称他"足以为党之模范"，朱德赞誉他是"中国军事界不可多得的人才"。

《虎将兴关外　抗倭统雄师——抗联英雄赵尚志》

本书描写了久经考验的共产党员、东北抗联的创建者和主要领导人赵尚志，在艰苦卓绝的条件下，坚持抗战，威震敌胆，战功卓著，忍辱负重，忠贞不屈，为国捐躯的英雄故事，为青少年读者呈上一部爱国主义的佳作。

《黄埔之英　民族之雄——抗日名将戴安澜》

抗日名将戴安澜，先后参加保定、漕河、台儿庄、武汉、昆仑关等战役，作战英勇，屡建奇功；入缅作战，"扬威国外，藉伸正义"；守东瓜，复棠吉；殉身缅北，遗恨丛林，马革裹尸，成就了光辉的一生。

《爱国志士　民主先锋——新闻出版家邹韬奋》

本书讲述了邹韬奋献身新闻出版事业的奋斗历程，展现了一位新闻工作者坚定的革命信念和炽热的爱国主义精神，全心全意为人民服务、为读者服务的奉献精神，歌颂了他的高尚情操和优良品质。

《为抗战发出怒吼——人民音乐家冼星海》

人民音乐家冼星海，青年时期在巴黎求学，饱尝屈辱与磨难；学成后毅然回到多灾多难的祖国，用满腔热忱谱写激昂的音乐，鼓舞中华儿女的斗志；奔赴延安，谱写出不朽的名作《黄河大合唱》，发出中华民族抗日救亡的怒吼。

《全民皆兵　抗击日寇——抗日战争的故事》

中国人民进行的十四年抗战，是一百多年来中国人民反对外敌入侵第一次取得完全胜利的民族解放战争。这场战争是以国共两党合作为基础，有社会各界、各族人民、各民主党派、抗日团体、社会各阶层爱国人士和海外侨胞广泛参加的全民族抗战。

《捧着一颗心来　不带半根草去——人民教育家陶行知》

陶行知是我国现代教育史上伟大的人民教育家、教育思想家。他从青年起就立志献身教育事业，以"捧着一颗心来，不带半根草去"的赤子之心，为人民的教育事业鞠躬尽瘁。

《为民主与和平拍案而起——民主斗士闻一多》

闻一多早年与梁实秋等人发起成立清华文学社。赴美留学期间由对祖国的深深眷恋而创作著名的《七子之歌》。后在西南联大任教8年，积极投身于抗日运动和争取民主的斗争，发表了著名的《最后一次讲演》。

《铁窗难锁钢铁心——革命先烈王若飞》

王若飞是我党早期杰出的无产阶级革命家。在艰苦卓绝的斗争中，他出生入死，屡建奇功，以超人的睿智和胆略，在敌人的监狱中，同敌人展开了殊死的较量，为抗战的胜利和新中国的诞生做出了卓越的贡献。

《横扫千军　还我河山——抗联名将李兆麟》

李兆麟是东北抗日联军创建人之一，他率领抗日联军历尽千难万险与日本侵略者浴血奋战，在极其艰苦的条件下，保存了抗日联军的有生力量，为东北光复做出了重大贡献。

《锄头开出新天地——解放区大生产运动》

为了解决困难，渡过难关，党中央号召党政军民齐动手，开展大生产运动。中国共产党在其控制区域内发动的一场军队屯田和鼓励生产的群众运动，达到了自己动手丰衣足食，共度难关，既进行革命又进行生产自足的目的。

《生的伟大　死的光荣——女英雄刘胡兰》

刘胡兰，坚贞不屈的少年女英雄。生前对我国劳动人民的解放事业无限忠诚，在敌人威胁面前，大义凛然，毫无惧色，英勇牺牲，表现了共产党员的高贵品质。

《饿死不领美国救济粮——爱国知识分子的楷模朱自清》

朱自清作为爱国知识分子的典型，以锐利的笔锋直言痛斥反动政府的暴行，体现了他崇高的爱国情怀和不畏恶势力的精神品格。毛泽东曾给朱自清先生以高度评价："一身重病，宁可饿死，不领美国的'救济粮'"，"表现了我们民族的英雄气概"。

《为了新中国前进——舍身炸碉堡的董存瑞》

伟大的英雄，中国人民的儿子董存瑞，从儿童团长成长为一名光荣的解放军战士，在1948年解放隆化县城时，舍身炸碉堡，为新中国献出了自己年轻的生命。他的英雄形象永远留在人民心里。

《宁死不屈的共产党员——革命烈士江竹筠》

江竹筠，就是著名的江姐。1947年春，她负责《挺进报》工作，只几个月的时间，报纸就发行到1600多份，引起了敌人的极大恐慌。由于叛徒出卖，江姐不幸被捕，惨遭毒刑的残酷折磨，仍坚贞不屈。最后被特务秘密枪杀，年仅29岁。

《抗美援朝　保家卫国——志愿军的战斗故事》

抗美援朝战争是中国人民志愿军为援助朝鲜人民、保卫祖国安全，与美国为首的"联合国军"发生的战争。在朝鲜牺牲的志愿军烈士们，他们英勇的战斗事迹、保家卫国的精神值得我们发扬光大。

《上甘岭上壮烈歌——黄继光和他的战友们》

在1952年10月的上甘岭战役中，黄继光和他的战友们在零号阵地半山腰被敌机枪火力点压制，此时，黄继光身上已经多处负伤，手雷也已全部用光。为了完成任务，减少战友的伤亡，他用自己的胸膛堵住正在扫射的敌机枪射孔，为反击部队扫清了前进的道路。

《诗书印画　全入神品——国画大师齐白石》

齐白石出身贫寒，做过农活，当过木匠，后改学雕花木工，从民间画工入手，摹古人真迹，学诗文书法，融汇古今，而诗、书、印、画俱佳；他将中国画的精神与时代的精神统一得完美无瑕，使中国画得到国际的重视，无愧于"国画大师"的称号。

《毕生为文化而奋斗——中国第一出版家张元济》

张元济参与、主持和督导商务印书馆近六十年，使其从简单的印刷企业转变为当时中国教育出版的旗帜。张元济一生爱书，在中华大地动荡不安的年代里，他用自己对文化的热爱，续存着中华民族灿烂悠久的文明之光。

《独树一帜　梨园大师——著名京剧表演艺术家梅兰芳》

梅兰芳，京剧大师，演唱风格独树一帜，世称"梅派"。曾先后赴日本、美国、苏联演出，并荣获美国波摩那学院和南加州大学的荣誉文学博士学位。作为一位爱国者，抗战期间蓄须明志，拒绝为日本人演出，为后世称颂。

《华侨旗帜　民族光辉——爱国侨领陈嘉庚》

陈嘉庚是著名的爱国华侨领袖、企业家、教育家、慈善家、社会活动家。他为辛亥革命、民族教育、抗日战争、解放战争、新中国的建设做出了卓越的贡献。生前被毛泽东誉为"华侨旗帜、民族光辉"。

《向雷锋同志学习——伟大的共产主义战士雷锋》

雷锋，一个平凡而伟大的共产主义战士，一心向着党，一生秉承着全心全意为人民服务、无私奉献的崇高思想；发扬刻苦学习和钻研理论的"钉子"精神；坚持勤俭节约、艰苦奋斗的优良作风。毛泽东为其题词："向雷锋同志学习。"

《人民的好公仆——县委书记的好榜样焦裕禄》

焦裕禄，被誉为县委书记的好榜样。他用自己的革命精神，展开了与大自然、与社会落后现象、与病魔的多重抗争，让我们领略到一个共产党人的生之伟大、死之壮美的人格品质和具有现实教育意义的精神魅力。

《文学巨匠　京味大师——人民作家老舍》

老舍是我国现代小说家、文学家、戏剧家。他用融入骨髓的真诚文字反映生活的喜怒哀乐。老舍的一生，总是在忘我地工作，他是文艺界当之无愧的"劳动模范"，生前被北京市人民政府授予"人民艺术家"的称号。

《革命老人——无产阶级教育家徐特立》

徐特立是一代伟人毛泽东的老师。他出生在贫苦家庭，大部分时间生活在动荡艰苦的年代；他刻苦勤奋，不畏艰辛，追求光明，一生勤俭，为革命培养了大量的人才；他对党和人民任劳任怨，鞠躬尽瘁。他坎坷奋斗的一生，留下了许多可歌可泣的故事。

《人生能有几回搏——新中国第一个世界冠军容国团》

容国团先后担任中国乒乓球队运动员、女队主教练。获得1959年男子单打世界冠军；1961年夺得男子团体世界冠军；作为中国女队主教练，1965年率女队第一次夺得女子团体世界冠军。他的"人生能有几回搏"的豪言，举国传诵。

《石油工人一声吼　地球也要抖三抖——铁人王进喜》

王进喜，新中国第一批石油钻探工人。他为祖国石油工业的发展和社会主义建设立下了不朽的功勋，在创造了巨大物质财富的同时，还给我们留下了宝贵的精神财富——铁人精神。他被评为"百年中国十大人物"，写入中华民族的光辉史册。

《做人民需要我做的事——著名地质学家李四光》

李四光是一位伟大的科学家，他一生从事地质学研究工作，足迹遍布祖国的山川，为祖国探明了许多地下宝藏；他创建了崭新的学说——地质力学；他历尽重重困难，为正确认识地质构造开辟了一条新路。

《中国化学工业的先驱——著名化学家侯德榜》

为摆脱纯碱需要进口的窘况，20世纪初，怀着"实业救国"梦想的中国化工先驱侯德榜等人创办了永利碱厂，并立志生产出中国人自己的碱。1926年，永利碱厂终于成功地生产出"红三角"牌纯碱，从此中国制碱业得以跨入世界先进行列。

《毕生求是　一丝不苟——著名科学家竺可桢》

著名科学家竺可桢献身科学研究；治学严谨，一丝不苟；一生廉洁，两袖清风；作风民主，爱护学生。他以爱国之心、报国之志，从一个民主主义者逐渐成长为一个共产主义战士。

《热爱自然的大地之子——著名植物学家蔡希陶》

蔡希陶，五十载风雨，五十载坎坷，五十载奋斗，五十载开拓，为了发现对人类生产、生活有用的植物及新物种的引进而做出巨大贡献，在中国的植物资源学史上将永远镌刻着他的名字。

《高洁无私的襟怀——知识分子的楷模蒋筑英》

蒋筑英是中国当代知识分子的先锋典范，他不为名，不为利，尊重科学；他以坚忍的毅力和顽强的作风，在科学的道路上呕心沥血，鞠躬尽瘁，无私地奉献了青春和生命。

《迎接新生命的天使——卓越的妇产科专家林巧稚》

林巧稚是国内外享有盛誉的妇产科专家。在五十多年的医学教育和临床实践中，林巧稚亲自接生了五万多婴儿，治愈了数千病人，培养了数以百计的专门人才，为我国的妇女儿童事业做出了不可磨灭的贡献。

《独自成千古　悠然寄一丘——国画大师张大千》

张大千是20世纪中国画坛最具传奇色彩的国画大师，无论是绘画、书法、篆刻、诗词无所不通。在艺术界深得敬仰和追捧，艺术家们用真挚的感情，用绘画和雕塑展现了"张大千"多彩的艺术形象。

《建造中国的通天塔——著名数学家华罗庚》

中国当代著名数学家华罗庚，为中国数学的发展做出了无与伦比的贡献，他是中国解析数论、典型群、矩阵几何等多方面研究的创始人与开拓者，也是我国最早将数学理论研究与生产实践紧密结合的科学家。

《问鼎长天　强我国威——两弹元勋邓稼先》

邓稼先是我国著名科学家，参加组织和领导我国核武器的研究、设计工作，从对原子弹、氢弹原理的突破和试验成功及其武器化，到新的核武器的重大原理突破和研制试验，作出了重大贡献。是我国核武器理论研究工作的奠基者之一，被誉为"两弹元勋"。

《敢叫天堑变通途——桥梁专家茅以升》

中国著名的桥梁专家茅以升从小立志为祖国建造桥梁，经过不懈努力，他不仅设计建造了一座座宏伟壮观、坚固实用的道路桥梁，而且搭建了一座座友谊之桥，为祖国建设作出了卓越贡献。

《蘑菇云之梦——核物理学家钱三强》

被誉为"中国原子弹之父"的核物理学家钱三强，更名后立志于科技报国；24岁受师于世界著名核物理学家居里夫妇；与夫人何泽慧合作，发现铀的"三分裂""四分裂"现象；统领我国的原子大军，做了大量创造性工作。

《两离桑梓地　满怀雪域情——领导干部的楷模孔繁森》

孔繁森，是一位一尘不染、两袖清风的好干部。两次进藏工作，历时十载，为西藏的建设、发展和稳定作出了突出的贡献。1994年11月，孔繁森不幸以身殉职。人民群众称他为新时期领导干部的楷模。

《摘取数学皇冠上的明珠——著名数学家陈景润》

陈景润是享誉世界的数学家，为了证明"哥德巴赫猜想"，他以惊人的毅力在数学领域里艰苦跋涉，终于攻克了世界著名数学难题"哥德巴赫猜想"中的"1＋2"，创造了中国乃至世界数学史上的辉煌。

《学术独步　饮誉四海——享有国际威望的科学家卢嘉锡》

　　卢嘉锡是一位在国际科学界享有崇高威望的物理化学家、化学教育家和科技组织领导者。1945年，卢嘉锡满怀"科学救国"的热忱回到祖国，对中国原子簇化学的发展起了重要推动作用，他所指导的新技术晶体材料科学研究，也取得了重大成绩。

《德艺双馨　梨园楷模——著名豫剧表演艺术家常香玉》

　　常香玉1941年赴陕甘演出。1948年在西安创办香玉剧社。1951年为支援抗美援朝，率剧社巡回西北、中南、华南各地演出，以演出收入捐献"香玉剧社号"战斗机一架，素有"爱国艺人"之誉。

《文学大师　激流勇进——著名作家巴金》

　　本书以巴金生平和主要事迹为线索，回顾和展示现代著名作家巴金的一生，以期让人们看到巴金在这风云变幻的100多年中，有过成功的欢欣，有过屈辱的磨难，有过痛苦的忏悔，有过平静的安宁。巴金的人生，映照着一代中国五四知识分子坎坷而不平凡的命运。

《壮心系科学　孜孜为国昌——理论化学家唐敖庆》

　　本书讲述了唐敖庆从出国求学、学业有成、回国任教，到服从安排、艰苦工作、刻苦钻研，最终成为中国量子化学奠基者的过程。让人们看到了这位著名化学家的赤心爱国、严谨治学、大公无私的崇高品格和科研上的卓越成就。

《中国导弹之父——著名科学家钱学森》

　　当第一颗原子弹升空的时候，当中国的人造卫星奏响《东方红》的时候，当中国运载火箭腾空而起的时候，当中国研制的导弹准确命中目标的时候，人们都会想起他的名字：中国导弹之父钱学森。

《中国近代力学的奠基人——著名科学家钱伟长》

　　钱伟长曾以中文和历史两个100分的成绩考入清华大学。九一八事变后，钱伟长毅然放弃了文科的学习而转为理科。他是中国近代力学、应用数学的奠基人之一，在固体力学、流体力学以及航空航天领域，取

将军拔剑南天起

——护国英雄蔡锷

得了卓越的成就，为新中国的现代化建设付出了毕生的精力。

《中国光学科学的奠基人——著名科学家王大珩》

王大珩是我国著名的科学家，中国光学科学的奠基人。他先在清华就读，后赴英国求学，学业有成，立志科学救国，其成就享誉神州。他以科学的求是精神和赤诚的爱国情怀，探索着中国光学发展的闪光之路。